醜聞

花咲舞系列

不祥事

池井戸潤

目錄

醜聞

激戰區

1

自從相馬健調到事務部已經過了兩個月。

時間來到十月，從位於東京車站前的東京第一銀行十樓相馬的位置，可以看到籠罩在秋季日照下的八重洲側街道。被厚重的玻璃窗遮斷的景色，只是呈現安靜的樣子，一點都沒有調到這裡之前那宛如耳屎般黏著的、分行的喧鬧與殺戮氣氛，更不用說還有會反駁自己的部下，雖然他並沒有在指誰。有的只是從「課長代理」升到「稽核」的職稱——就連薪水也沒變——但他還是多少有些得意。

相馬過去在大銀行裡非常活躍，是相當有名的融資人員。但隨著他升上課長代理並調到赤坂分行後，跟當時的分行副理起了衝突，成了對方的眼中釘，之後就被調到營業課了。那段日子算是他苦悶的過去。

在銀行這個職場，一旦被打上叉叉，就很難抹滅那個記號了。

一想到那個擁有人事權，將自己人生毀了的分行副理，相馬就氣得要死。結果在組織中還是強者為強。

那之後過了五年，曾被說下個職位肯定是融資總部的相馬，被調到的卻是背離他期望、形同屈辱的職位。

然而，那樣的日子也結束了。

被分行經理當白痴耍、被分行副理挑三揀四的日子裡，也被許多同期進入銀行的人超越了。雖然從升官一戰中敗北了，但能坐上心心念念的總行稽核的位置，那些事就都過去了。現在相馬的內心已是撥雲見日的晴朗。

座位上的電話響了，打來的是次長芝崎太一。

「可以請你來一下部長辦公室嗎？」

相馬用待在分行時完全無法想像的優雅表情迅速整理好辦公桌，之後便急忙往位於同樓層的部長辦公室過去。

「怎麼樣啊相馬，查核指導的工作都已經習慣了吧？」

看著相馬坐上沙發後，部長辛島伸二朗開口問道。

「是的，總算是習慣了。話雖如此，還是有很多分行的事情要學習。」

相馬的頭銜全名是事務部事務管理組稽核，主要工作是前往在處理營業課事務上有問題的分行做個別指導，引導他們解決問題。

「那真是太好了，是說，我看最近的分行狀況，似乎是因為不太熟悉業務操作的基層行員增加的關係，行政上也經常出錯。所以我有個提案，不曉得建立一個在分行指導時，可以多聽聽女性行員意見的制度好不好？」

「哦，我覺得這個想法很不錯。」

相馬發自內心地說。「我以總行稽核這個身分去查核時，分行的行員都會對我有些戒備，不然就是不太願意開口讓我幫助他們。我也在想有什麼方法可以讓他們願意說出真話。」

這個反應正合他意，相馬的回應讓辛島感到很開心。

「是喔，我就想說你應該會這樣說，你看這樣好不好，我派一個人給你當部下，你們就暫時先兩人一組去查核怎麼樣。」

「要派一個人，給我？」

相馬的眼神都亮了起來。現在的相馬沒有任何下屬。雖說之前還在代代木分行的時候有兩位部下，但其中一位是動不動就會回嘴，完全不把他這個上司當上司看的女行員。

相馬突然想起那個他不願想起的名字，臉也跟著皺了起來。

狂咲——不，是花咲舞。

那傢伙總是搞得他戰戰兢兢的，調到這裡之後的這兩個月，簡直就是心靈得到治癒般的銀行員生活吧。

「非常謝謝您。」

相馬發自內心地道謝後，辛島也心滿意足地用力點了個頭。「其實人選已經決定好了，正式的調職令也發出去了，本來要再等分行交接三天才會來總行，但她提前先來打招呼了，所以我想說讓你們見一下面。」

辛島的話還沒說完，背後就傳來兩聲敲門聲，部長祕書探出頭來。

「啊啊，來了來了，請進來吧。」

會是什麼樣的人呢？相馬內心充滿期待。「這位是相馬稽核，相馬，自己介紹一下吧。」

相馬繃起因放鬆警惕而鬆弛的臉頰，站起身，轉向那位恭敬地站在自己斜後方的人。

「我是相馬──啊！」

相馬大聲叫了出來。「ㄎ、狂咲！怎麼會是妳──！」

他不由得回過頭去看了一下部長，只見辛島一臉茫然地看著相馬。「啊、對吼！」接著又拍了一下膝蓋。

「我都忘了你本來就是從代代木分行過來的，什麼，那就不用再花時間介紹了吧？這是之後會成為你下屬的花咲舞小姐，就像你知道的那樣，是個優秀的人才，所以才會在所有分行中被選中，簡直就是在激戰中奪得頭銜的菁英行員。」

舞對著驚訝到說不出話的相馬露出微笑。

「我還有很多地方要學習，請多多指教。」

等到舞站到一臉驚訝的相馬身邊後，芝崎次長開口說道。

「花咲小姐一調到這裡，就馬上讓她去分行指導。」

「這麼突然？」相馬說。他有種不好的預感。雖然部長的語氣聽起來好像調到事務部很困難一樣，比起評選的標準，他更想問到底是從哪方面評選才會選中花咲的？其實是代代木分行暗中想把這個麻煩處理掉吧。

「總之，雖然才剛調到這裡，這樣說對花咲小姐可能也有點突然，不過有間分行發生了不得不馬上處理的緊急事件，所以我打算就這樣安排。」

次長說完之後，拿出自由之丘分行經理寄給事務部部長的信。

『關於本行引起的錯誤匯款事件報告』——

「這是怎麼一回事？」

相馬看向一臉苦澀的次長。

2

眾所皆知，自由之丘分行是東京第一銀行的分行裡特別忙碌的一間分行。與這條繁華的流行街道背道而馳，這裡是一個金融戰場，銀行雲集，競爭非常激烈。

東京第一銀行中，每個地區都會跟其他競爭銀行拚勝負，而到今年九月以前，自由之丘分行都是「慘敗」。隨著他行的自由之丘分行不斷提升融資和金融商品，這裡的客群也不斷被瓜分，導致他們的業績一直在縮減。

「結果看來雖然不能說是全部，但感覺差強人意，不，應該是不怎麼好，或是真的很差的程度。」

在事務部的一間辦公室裡，相馬面有難色地說道。會議桌的對面坐著在結束代代木分行的交接後，緊接著就從那天開始調到事務部的花咲舞。舞在見過部長以下的相關人士後，才剛結束在事務部全體員工面前的到任報告，現在滿臉紅通通的，看起來幹勁滿滿。

「然後，我們的工作啊。」

相馬把話題拉回到他們的工作上。「就是自由之丘分行營業課上一期悽慘的內容。弄錯帳戶有兩件、現金遺失一件、錯誤匯款一件、行內檢查要再檢查一次、文件分類系統檢查再檢查一次、客服中心客訴有三件、三名營業課行員突然離職，其中一名是四月才剛進來的新人，結果六月就離職了。錯誤匯款那件事妳也知道，都鬧上法院了，聽說敗訴機會挺高的。」

「匯錯多少錢？」

「三千萬日圓。」

舞發出「呼」的一聲，深深地嘆了口氣。

所謂的錯誤匯款，顧名思義就是匯錯款。也就是在原本不用退錢給對方的情況下卻把錢匯回去了。

「百聞不如一見。」

說完這句話後，相馬從位置上起身。現在是上午九點半，他們跟自由之丘分行約十點半。「走吧。」

搭山手線到澀谷，再轉搭東急東橫線。自由之丘分行就在面向自由之丘站那塊環形的好位置。

「分行成立已經有段歷史了，所在位置又很好，儘管如此，還是輸給那些傢伙了。」

往相馬指的方向看去，可以看到競爭對手稻穗銀行和UBJ銀行的招牌。

他們走進剛好也正值月中所以很清閒的銀行大廳，告訴大門處窗口的女性「我們是事務部的人」。

今天會有事務部的人來查核指導，事前已經通知分行這件事了。女人看了一眼相馬背後的舞，告知坐在身後辦公桌的男人他們的到來。那是營業課長中西穰。

「哎呀你們好，請你們多多指教。」

笑容感覺有些虛假的中西帶相馬和舞前往二樓的接待室。雖然看起來很客氣，但從營業課悽慘的內容就可以知道，做為管理者的中西本身是什麼程度。

「哎呀，還必須麻煩你們特別來指導，真是丟臉。誰叫我們這裡實在沒什麼可以用的人才，我也對此感到非常困擾。」

坐在接待室的沙發後，如他們所料，中西果然把行政方面的連續出錯都怪在部下頭上。

「我也有去問人事部，但沒聽說自由之丘分行特別缺人才。」

相馬說道，暗示「並不是下屬的問題」來牽制對方。中西討好的笑容跟著消失。

「你要這麼說，我實在是……」

儘管他的態度看似懊惱，但眼中並無笑意。

「那個，我想為我們過來查核的事打聲招呼，請問分行經理在嗎？」

相馬開口發問的時候，接待室的門也被華麗地打開，分行經理矢島俊三走了進來。感覺是在酒吧被他搭訕就會暈船的那種身材修長的男人。他是去年七月當上自由之丘分行經理的，之前在總行深耕了很久，聽說在同期的行員中是以第一名榮升的菁英分行經理。

「辛苦了。」

矢島露出溫柔且敦厚的笑容。比起分行經理的威嚴，他本身更適合和藹可親的表情。

「畢竟我們是位在激戰區的分行，很多事都不容易，不過這也不能當作行政方面有漏洞的藉口，這三天就請你們多多指教了。」

話說完後，矢島向相馬及舞敬了個禮。看起來是個口齒清晰，姿態放得很低的人物。

「那就趕緊帶他們到營業課吧。」

他對中西下了命令，又對相馬和舞露出笑臉。「只要有什麼需要，不管是什麼事，都請馬上跟我們說。」

雖然總行派人來查核時，分行一般都會特別有禮，但他表現出來的態度，已經好到讓人有點噁心的程度了。不過比起不配合的態度，這樣還是好多了。相馬與舞跟著中西來到營業課，馬上就開始了查核指導的工作。

3

「真的非常感謝。」

隨著工作結束，會田萌鞠躬道謝。

她有著會突然讓在場的人眼神一亮的笑容，是營業課的主要櫃員，短期大學畢業，入行第四年，二十四歲。

自由之丘分行的營業課有負責處理一般存款的臨櫃組、辦理匯款的外匯組，以及銷售金融商品的諮詢組，共三大組。營業課合計有十二名員工，人數不足的部分會由十名左右的兼職人員協助。

「我學到了很多。」

舞對萌的文書處理能力打了六十分。雖然她充滿活力的樣子很受顧客喜歡，但在確認數字方面還不夠完美，處理傳票的順序也亂七八糟的，所以才容易出錯。舞指出自己注意到的地方後，又鼓勵她：「不過妳的資質還不錯，只要好好加油，很快就可以做得很好了。」

距離下午三點銀行關門已經超過四十分鐘了。

正值營業課為結束一天而加緊作業的時候。雖然之前看資料時已經有了相當的覺悟，但沒想到她們真正的表現比想像中還要差，簡單說來就是經驗不足。不管是哪間銀行，都會有能讓大家依靠的資深行員，但是自由之丘分行的資深行員卻很少。說是很少，其實也就一個人而已，就是入行第十八年的內村惠。

那個內村現在就在隔壁窗口，從側面看過去有些凌亂的感覺。

「內村小姐。」

就在那時背後傳來叫聲，內村嚇得繃緊身子。中西和一名看起來有些陰森的男人並肩站在一起，臉上完全沒有一開始歡迎舞他們那時的和善目光。

「那是誰？」

舞看著站在中西身旁的男人一臉不耐煩的樣子，開口問萌。萌的表情也浮現一層陰鬱，回答：「是法務部的高島稽核。」

「法務部？」

「因為鬧上法院了。」

萌壓低音量說明。

「上次那筆錯誤匯款。」

看到內村戰戰兢兢起身的樣子，總覺得有些擔心。

「是她弄錯的？」

「是啊，好像已經覺得很累了，可能也要提辭職了。」

「也要？」

萌一臉沉重地點了個頭。

「去年就好幾個人辭職了，而且都是資深行員。」

之前的確有聽說去年很多人離職，但真的從現場行員的口中聽到，感覺又更嚴重了。

想好好打聽這件事的舞開口邀請萌：「如果妳沒有什麼事的話，等一下要不要一起去吃飯？」

「好啊，一定要。」

「那就趕快收拾一下吧，自由之丘這邊應該有很多很潮的餐廳吧，我來之前就很期待了。」

「放心交給我吧！」

嬌小的萌拍拍她嬌小的胸膛，露出充滿活力的笑容。

4

在萌的帶領之下，他們來到位於南口的義大利料理餐廳。

那是在美麗佳人路上的一間知名餐廳，平常只會去便宜烤雞肉店的相馬，一開始還很受不了這種地方，但在喝了幾杯葡萄酒後他就有點醉了，不斷開著平常說的那些玩笑話。在忍受一陣子那些聽膩了的玩笑後，舞又把話題帶回分行的工作上。

「我發現你們家的資深行員真的很少，大家都是因為結婚離職的嗎？」

萌跟同事神田美步對望了一眼。

美步是大萌一歲的前輩，她戴著眼鏡，以非常認真的眼神看著舞。

「並沒有因為結婚離職的人，其實我覺得這點才是問題。」

她的語氣聽起來有所顧忌，反映出那也是她們正面對著的問題。「我覺得她們是因為不舒服才辭職的。」

「不舒服是什麼意思？」

相馬發問之後卻遲遲沒有等到回應。舞看著她們一臉猶豫，不知道該不該說的樣子，便開口說道：「那個啊，妳們兩個都是，現在是下班時間，就不用顧忌那些有的沒的了。我們也不會把妳們說的跟分行說，這位稽核也是，他已經醉了，如果明天還記得妳們說的話也很奇怪。」

「喂、狂咲！」

相馬正想發什麼牢騷時，桌下的腳突然咚的一聲被踹了一下。

「痛！」

「可以聽我說嗎？」

開口的是萌。

「雖然不能說得太直接，但其實大家都被霸凌了……」

「霸凌？」

正揉著腳的相馬突然愣住，開口發問：「這是怎麼一回事？」

「妳說霸凌，是被誰霸凌？如果是新人被霸凌我還可以理解，但大家不都是資深行員了嗎？一般不太會有資深行員被霸凌吧。」

「是課長。」

美步說。

「課長？妳是說那個中西先生會霸凌人？好吧，妳這麼說，的確他給人感覺有點陰險……」

舞沒有多加理會相馬的感想，逕自問道：

「具體來說是怎麼樣的霸凌呢？」

「比方說，在設定促銷目標時，故意訂了非常難達到的目標，沒有達到的話，就會被他在朝會上說僱誰來上班根本是在浪費人事成本。」

萌接著說道。「總之不管什麼事都針對那個人的感覺，整個課的氣氛都被弄得很差……」

「中西先生嗎？就今天看到的樣子，感覺不像是會做這種事的人。」

「可是，花咲小姐，妳看內村小姐那樣不會覺得有什麼嗎？那個人就是他最近的攻擊目標。」

經萌這麼一說，舞的心中突然浮現起內村惠一臉沉痛的樣子。

「還有打官司的事，這半年來她一直在受這些欺負，光是看到她那樣都讓人覺得很憂鬱。」

美步也贊同地點了個頭。

「的確，而且光去年就有三名資深行員離職了。」

相馬又變回一臉嚴肅的樣子說道。「很抱歉，我手上的資料並沒有寫到她們離職的理由，不過，如果是因為霸凌的話，問題就麻煩了。對吧狂咲？」

聽到那個詞後，萌和美步對望了一眼。

「那個，其實我剛才就很想問了，狂咲是花咲小姐的綽號嗎？」

「該說是綽號嗎，其實是因為這傢伙很容易發飆，所以就拿她名字開玩笑叫她狂咲了，妳們也最好小心她一點比較好——哎呀痛！」

若無其事再次翹起腳的舞開口發問：

「為什麼中西課長要那樣做呢？」

「課長這個人本來就很常把資深行員要更可靠點之類的話掛在嘴邊。」美步回答。

「也就是說，並不是霸凌，比較像是用責罵的方式來激勵對方嗎？」相馬說道。

「哪有這樣激勵的。」

舞一臉肯定地說。「都被逼到不得不離職了，這樣也能說是激勵嗎？做得太超過了吧。」

「不過，總覺得有點不太對耶。」

相馬一臉無法接受地說。「趕走那麼多資深行員的結果，不就造成了自由之丘分行經常出現業務過失嗎？最後甚至還要打官司。從結果上來看，課長不是自己給自己找麻煩嗎？難道中西課長都沒想到會有這種結果嗎？」

「不好意思，都是因為我們做得不夠好……」

看著一臉氣餒的美步，舞搖了搖手。

「只要是人就會犯錯。的確，責任或許出在犯錯那個人身上沒錯，但在像銀行這種組織裡，若是不斷出現這種錯誤的話，就無法說是問題出在人身上了，只會讓人聯想到是管理方面有問題。明天我會再去跟中西課長問看看。」

聽到舞這樣說，相馬有些害怕地發出呻吟。但美步跟萌卻像是找到了可靠幫手一樣，眼睛都亮了起來。

5

「霸凌？我完全不知道妳在說什麼耶。」

舞去找中西討說法是在隔天工作結束的時候。他們在營業課一角的小房間，中西表現出一副冷淡的樣子。

「離職的這些人，年資長達十八年的有一個人，十五年的兩個人。我聽說她們都是非常資深的行員。」

「所以咧？」

中西點起手上的菸，往天花板吐出煙。這只是一間中間擺放了桌椅，堆積著禮品的房間。牆壁上貼著「禁菸」的標語，但中西完全不把那張紙當一回事看。

「工作將近二十年的人會選擇離職，一定是因為過得很痛苦的關係吧。」

「因為是資深行員的關係？我說啊，花咲小姐，不是資深行員就一定是公司的寶耶，雖然妳不一定會懂就是了。」

「什麼意思？請您說清楚講明白。」

然而中西並沒有想好好回答的樣子。「反正妳的工作只是事務作業上的指導，就請妳把重點放在妳的工作就好了。不用去思考那些有的沒的，也沒有必要知道。」

「容我說一句，您不覺得就是因為沒有資深行員，才導致整個作業混亂嗎？」

然而中西聽完舞的指責後，只是發出「哼」的一聲冷笑。

「不是吧，營業課的工作不管是誰都可以做。託你們的福，本行有非常確實的指導手冊，有不懂的地方，只要看手冊就能找到答案了，不是嗎？雖然長年在這裡工作的人不在了，但不是也有很多優秀的新人一直進來嗎？妳看看她們，不用半年，她們的程度就會超越那些離職的資深行員了。」

舞瞪著中西。

的確，她們身上是有發展的可能性的，但也不能因此就同意中西用等同於霸凌的方式趕走資深行員的想法。現在的新人在未來也會成為資深行員，他們不是笨蛋，一定會把十年、十五年後的自己跟那些離職的前輩們聯想在一起。

「說什麼資深、資深的，聽起來好像很了不起，但在事務處理上也不是真的那麼了不起，只是多花人事成本罷了。」

不曉得是不是發現自己講得太過火了，中西突然閉上嘴巴。但「成本」這個詞已經在舞心中重重地落下。

「你把女行員當成人事成本嗎？」

中西露出敵意，彷彿把那句話當成是在挑釁自己。

「人事成本？這還用說嗎，當然是啊。妳是，我也是，所謂的經營有時候是很殘酷的。雖然妳應該不會懂這些啦。」

雖然他說得頭頭是道，卻讓人有股衝動想回嗆：那你是又多懂？

「原來如此，我非常了解了。」

然而舞只是起身，拋下瞪著自己的對方，快步離開那間小房間。現在還不能跟這個男人起爭執。

「喂、怎麼啦妳？為什麼那張臉？」

看著回來的舞，相馬問道。

營業課一角的辦公位置上，相馬正在看著排放好的各種資料。

「你在做什麼？」

「我在分析上一期發生在這間分行的重大過失引起了什麼樣的狀況啊，想說應該能找到什麼可以改良行政作業的關鍵吧。」

「這個是……」

舞突然拿起手邊的文件。

那是三千萬圓錯誤匯款的資料。

因為已經在打官司了，所以這份資料上的並不是原本的傳票，而是影本。一般存款的取款憑條上蓋著內村的印鑑章。

她轉過頭去，看到內村憔悴的背影。舞嘆了口氣，犯這種錯誤的不是沒經驗的新人，而是內村這個資深行員。這麼一想，總覺得一個勁兒把資深行員貶得一文不值的中西的話也是情有可原。本身也是資深行員的舞，因為這個不愉快的想法咬緊脣瓣。

傳票上可以看到電腦列印出來的文字，舞看了那些字，發出「咦」的一聲，小聲地叫了出來。

「怎麼了？」

「沒有，我只是以為錯誤匯款一定是多付了什麼錢，結果不是。」

「妳是說**匯太多錢**嗎？不是耶，看這張傳票就知道了吧，只是把三千萬圓匯給了來解定存三千萬的客人而已。」

「那為什麼這個也算是錯誤匯款？」

「妳覺得是為什麼？」

相馬沒有馬上回答，只是提問。他難得一臉沉重地看著舞。

「該不會這是——」

「沒錯，是有人拿偷來的存摺跟印章來領錢的，本來應該要發現的，但是她卻沒有發現，這是失誤。」

「失誤？」

舞將那張傳票拿在手中看，這是個人戶，不是公司戶。

「妳看看印鑑卡，那個資料夾裡面應該有影本。」

舞打開折成對半的黃色資料夾，拿出裡頭的印鑑卡。所謂的印鑑卡就是在申請定存時登錄的印章、地址，以及姓名之類的紙。在提領存款時，會使用登錄在銀行專用機裡的印鑑卡上的印文做印鑑比對。

舞用一種叫做平面比對的手法，做印鑑簡單比對。用影本的情況下，通常會有一些影印造成的誤差，但兩個印鑑會是一樣的。

但因為是錯誤匯款所以應該會有哪裡不對。

仔細一看，錯誤的地方並非印鑑，而是地址。雖然都是目黑區內的地址，但印鑑卡上的是「綠之丘」，取款憑條上的卻是「綠云丘」。雖然「之」跟「云」差不了多少，但錯了就是錯了。而且如果是真的住在那裡的人，不可能會把地址寫錯才對。

「犯人是拿偷來的存摺和印章去領錢的。而該分行的內村在接待的時候卻沒有注意到取款憑單上寫的地址有誤。」

如果是定存期滿的話就不用特地寫地址，但是這上面卻好好地寫著地址，代表這是中途解約。不只東京第一銀行，其他家銀行應該也是這樣。在處理中途解定存的申請時，手續上都會需要確認地址以及人別確認文件。

另外，雖然內村有記錄對方的健保卡號碼做為人別確認的資料，但這點也有問題。

「健保卡嗎……」

「不太能夠證明吼。」

聽到舞的喃喃自語後，相馬接著說道。「如果是有本人照片的東西，比方說出示駕照之類的，就可以預防對方提領存款了。」

「法院判決的爭議點就在這裡嗎？」

相馬點了個頭。

「對方的主張有提到地址不一樣，而且只確認健保卡就讓他提走錢，這兩點都算是銀行的過失。是也有類似的案件啦，可惜的是，我們敗訴的機會滿大的。」

敗訴的話，銀行就會損失三千萬圓。

「畢竟是致命性的失誤啊。」

話說完後，相馬看了現在還站在窗口的內村。但取款憑條上不是只有內村的印章，還有中西的印章。

如果是高達三千萬的大筆金額，是無法由櫃員逕自決定放款的，必須經過營業課長的同意才行。

「有課長同意的話，就不是內村小姐一個人的責任了吧。課長應該也看過這張傳票，也同意用健保卡做人員辨識了。如果是這樣的話，課長也要負一半的責任不是嗎？但他卻講得好像都是內村小姐一個人的錯，太過分了吧！」

「好啦，不要這麼生氣嘛。」

相馬安撫著舞，接著又想起剛才的事問了一下。「比起這個，妳剛才是怎麼了？中西先生怎樣了？」

「就是那個！你聽我說。」

舞激動地開始訴說起剛才的事，但在聊到剛才和中西說的話時，她也注意到了一件事。

「相馬稽核，你可以幫我調查一件事嗎？」

「妳要調查什麼事？」

「課長提到的人事成本，都說到這種程度了，我想知道已離職的資深行員實際上到底花了多少人事成本。」

「也就是說，妳要我調查她們的薪水？」

「拜託了。」

相馬看著低下頭的舞，嘆了口氣。

「我知道啦，妳都說成這樣了，我今天就回總行調查一下。不過，妳知道這個要幹麼？」

「就想知道一下，說不定這就是自由之丘分行行政事務開始崩壞的根本原因。」

舞說完之後，不管相馬又問了什麼，她都閉口不言。

6

「妳看，這是去年的行員名單，離職的人都有蓋印記，年薪則是我的推測。」

隔天早上，相馬把調查好的，去年從自由之丘離職的三名行員的資料拿給舞看。

「果然是這樣。」

舞的喃喃自語惹得相馬有些不滿地問：「到底怎麼了？」明明是他調查的，但舞卻絕口不提調查的目的，他的語氣聽起來多少有些不高興。

「你看，離職的資深女行員全部都是四職等的。」

「妳說什麼？」

「真的耶。」聽完舞指出的地方後，相馬看了一下資料，又抬起頭來。

「所以咧？」

這個人完全沒在思考。

「成本啊！成本！」

舞一臉不耐煩。「我猜中西課長是為了縮減人事成本，才想辭退薪水比較高的四職等的女行員。」

「怎麼會？」

相馬目瞪口呆，但下個瞬間，他又變回一臉嚴肅。「但一間分行有三個四職等的行員的確讓人覺得有點太多了。」

東京第一銀行的職等是從一職等開始算起，如果是以一般行員進來的女行員，到四職等就是最高職等。雖然入行一年後就會升上二職等，但之後要透過選拔才能升上三職等，而能夠晉升到四職等的更是極少數的菁英。這也代表著，自由之丘分行之前的女行員都是非常優秀的。然而優秀的她們也代表著相當的人事成本。所以就算會多少犧牲事務工作的正確性，中西還是想要解決這個問題吧。

「如果霸凌的目的是為了要逼她們辭職的話，這種做法也太糟糕了。你知道對工作超過五年的女行員而言，必須要以這種形式離開銀行，是多麼悲傷的一件事情嗎？」

「妳說得對。」相馬一臉憂鬱，從喉嚨擠出這句話後便咬緊唇瓣。

「但你也只會說這是沒辦法的事吧，誰叫我們待的是銀行這個職場，因為銀行就是以利益為優先，因為人事就是交給分行自己酌情辦理。」

「喂喂，妳也別拿我開刀吧。」

被她嚴厲瞪著的相馬一臉可憐兮兮的樣子。

「不過，我猜還有我們能做的事情。」

「能做的事情？」

「自由之丘分行為什麼會頻繁發生作業出錯，知道理由之後，就應該好好彈劾這種分行的經營方式。」

「說到分行經營方式會不會太超過了？」

舞看著目瞪口呆的相馬。

「稽核，你覺得這種事會是中西課長自作主張的嗎？身為管理階層，在遇到多達三名資深行員辭職的情況，一般都要出來負責吧？但那個人卻可以裝作一副什麼都不知道的樣子，一定是因為背後有靠山啊！」

就在這時，他們背後傳來一聲「現在是什麼情況？」

回過頭去，只見矢島站在那裡，臉上掛著溫和的笑容，俯視著正嚴肅對談著的舞與相馬。

「我們現在正在討論分行的問題。」

站起身回話的舞讓矢島臉上的笑容驟然消失。她知道相馬也皺起眉頭了，但她卻不加理會。

「哦，具體來說是什麼問題呢？」

「明天預定會有講評，還請您出席。」

「現在跟我說嘛，幹麼裝模作樣的。」

故意這樣對舞說完後，矢島也坐在旁邊的椅子上。他們在商務辦公室一角的會客區。矢島的視線快速掃過那張行員名單，原本溫和的表情不見，眼底閃過一絲陰險的神情。這個男人的真面目現在才隱約透露出來。舞開口說道：

「我並沒有要裝模作樣的意思，那我就說了。我認為去年辭退資深的女行員是不對的，就是因為這樣分行的作業水準才會下降，引起各種問題。」

「那只是暫時的。」

矢島毫不客氣地說。「再說，又不是我叫她們辭職的，她們是因為私人原因離職的。」

「私人原因？」

舞對他一副與自己無關的語氣感到非常生氣。「你可以肯定她們真的是因為私人原因離職嗎？經理，你知道那些已經離職的女行員也有必須守護的人生嗎？」

那瞬間，可以很明顯從矢島的表情看出來他生氣了。

「妳現在是在說什麼？」

「經理，不好意思。」

相馬插進他們的對話。「明天講評的時候會給您一個適當的說法的。」

他按住還想說些什麼的舞，控制住現場。目送生氣的矢島走遠後，他擦了擦額頭上的汗水。

「喂！狂咲，妳吼，拜託也多少考慮一下我的立場吧！在分行起紛爭的話，最後會波及到的可是我耶。」

「誰管你啊！」

舞是真的生氣了。「什麼叫我的立場？結果你考慮的還不是只有你自己而已，再這樣下去，不管過多久銀行都不會變好的！」

「唉呦，妳別這麼生氣嘛，就沒辦法啊，我也是因為……」

舞並沒有將相馬的理由聽到最後，直接走進各部門正準備開朝會而聚成的圈子。

查核最後一天，舞到了內村所在的諮詢組做指導。

「麻煩妳了。」

對內村說完這句話後，對方回以一個疲憊的笑容。今年要滿三十五歲的內村是大了舞一輪的前輩。

諮詢組的窗口負責人有兩位。舞看著兩人站在窗口中央工作的樣子，沒多久便對內村的做事方式感到欽佩並發出感嘆聲。

內村的事務作業毫無漏洞，不論是消化客人還是處理文書的速度，都完美到讓舞忍不住一直盯著看。

「要不要一起去吃飯？」

過中午十二點的時候，內村過來叫她。午餐時間分為兩班，另外一位櫃員戶山香是比較早那班，內村跟舞則是比較晚的。比較晚的那班吃飯時間是從中午十二點半開始，有一個小時。

她們在分行三樓的員工餐廳排隊吃完後，又走出來到咖啡廳。提議要到外面去喝茶的是舞。銀行是禁止員工在上班時間外食的，如果被相馬看到的話，大概免不了會被唸個幾句，但在銀行裡的休息室根本沒辦法聊真心話。

她們坐在可以俯瞰車站前環形區的位置，內村從包包裡拿出菸來吸，在第一根菸吸完之前，兩人都是漫無目的地聊著，後來她才先提起那件事。

「妳是想問我那場官司的事嗎？花咲小姐。」

「不是，那對我來說一點都不重要。」

聽到舞這樣說，讓內村感到有些驚訝。

「不重要？」

「因為誰都有可能會失誤啊，只是碰巧遇上這種結果而已，沒有完全不會犯錯的人。」

「謝謝妳，妳是特地要安慰我的嗎？」

「不是，我是真的這樣想的。」

舞乾脆地說道，讓內村忍不住笑了出來。

「那什麼問題對妳來說才是重要的呢？」

「果然還是資深行員為什麼會被迫辭職吧。」

內村臉上的笑容驟失，又變回一臉憂鬱。對她來說，這或許也是內心的痛吧，舞心想。

「分行就是因為這樣才變得亂七八糟的不是嗎？我總覺得作業會一直出錯跟行員的技術無關，問題應該出在別的地方才對。總之，大家對這間分行，或許應該說是對銀行這個職場感到很失望，這是我的感覺。」

「早上，妳跟經理聊過了吧？」

「咦，被看到了嗎？」

舞吐了吐舌頭。

「當然啊，就算你們站在角落，爭執得這麼大聲，不管是誰都聽得到吧。不想讓人家知道的話，就要更小聲點才對。」

「對不起。」

「不過，我很開心喔。」

舞突然抬起頭。「因為妳是第一個對分行經理說那些話的人。」

內村低聲說道，她的話深深打動了舞的心。

這位內村小姐也是四職等的行員，或許是因為中西對她的抨擊也很猛烈的關係。再說她自己也出包了，現在的內村看起來就像是在狂風暴雪中，強撐著身子忍耐的樣子。

一定很辛苦吧。一想到她的心情，舞就覺得很難受。

「會改變嗎？」

內村突然低聲說道。「有辦法回到之前那樣，待起來很舒服的工作氣氛嗎？」

「內村小姐……」

看到對方眼中閃爍的淚光，舞也不曉得該說些什麼了。

會改變的，一定會——就算說這種話來安慰對方也沒用。但可以確定的是，一定得改變才行。

「必須要改變的，說不定是這間銀行的制度呢。」

內村又低聲說道。「一想到這些就讓人覺得頭暈，只有我一個人這樣抗爭，到底還是沒辦法改變什麼。光用想的就讓人覺得好寂寞啊，真的是。結果我們這些女行員，還是會被大家認為最後會因為結婚離職。不管再怎麼努力工作，在經理或課長眼中，我們不過就是人事成本很高的下屬而已。畢竟是利益至上嘛，我們就只是麻煩而已。」

「我覺得不是那樣。」

舞總覺得內村的話中有什麼讓她很在意，但她不知道自己為什麼會有這種感覺。舞繼續說道：

「才不是麻煩，縮減成本和騷擾女員工逼她們辭職完全是兩件事。說到底，人事成本跟營業額也是相輔相成的吧，既然如此，提升業績不就好了？這部分應該是分行經理的工作才對，但是自由之丘分行卻都慘敗其他家銀行，根本就是分行經理把自己能力不足怪到人事成本身上。」

「但是，有誰能夠證明這點呢？有誰可以面對經理，宣告錯是出在他的身上呢？有誰可以照顧那些已經離職的伙伴呢？」

內村的疑問一針見血地指出問題的核心，然而她的問題也只是懸在那裡，沒有答案。

「這……」

我會做點什麼的！她沒辦法這樣說。舞緊咬著脣瓣，只能說出「但是，請不要放棄。」

「不過我也已經提出辭呈就是了。」

舞驚訝地屏息。她繼續說道：「不過，不是有這場官司嗎？所以他們不讓我辭職啊。知道我要辭職的時候，分行經理和課長兩個都拚命地想把銀行的損失都推到我一個人身上，雖然這樣說有點放肆，但感覺還滿痛快的。」

那時的內村眼中包含著女人的怨懟。彷彿被這份令人恐懼的情感牽扯住，舞再次感到自己跌進了這間分行面臨的問題深淵。

7

「辛苦了，有打聽到什麼嗎？」

回到分行後，只見相馬在會議室的整張桌子放滿傳票。他沒有唸她們跑到外面去吃東西，只是開口問了這個問題。

「嗯，至少清楚了這間分行現在面臨的問題，還有解決方法。」

「那個分行經理是非常狡猾的人喔。」

相馬將帳本翻過來檢查處理狀況時，突然低聲說道。

「為什麼這樣說？」

「我剛才問了總行的朋友，才知道他調來這裡之前是在真藤部長底下工作的，說是企劃部的菁英。」

「真藤？」

「就是企劃部長兼執行董事，聽說將來還有機會成為董事長的那個人。不過妳昨天、今天才剛到總行來，不知道這些事也很正常，但至少有聽過這個名字吧？」

「說到這個，」

舞開口說道。「為什麼你剛剛說他很狡猾啊？」

相馬停下手，帶著一張舞從未見過的嚴肅表情直盯著她。

「要縮減人事成本恐怕是真藤部長下的命令。」

「怎麼說？」

「自由之丘分行因為地點很好，所以經營成本也很高，好像就是因此才把矢島送過來的。他還待在企劃部的時候有『成本殺手』這個綽號，以冷酷無情大砍成本而出名。而且總行好像打算把自由之丘分行變成專門處理中小法人的戰略分行，重新整裝再出發，到時現在這間銀行裡的所有行員都必須接受調動。簡單說來，他們是在為此提前部署，換句話說，那些人是想毀了這間分行。」

「太過分了！」

內心湧上的憤怒讓舞的身體止不住顫抖。

「銀行裡也是有人覺得真藤部長的做法太超過了，不過現在本行最想要的就是收益，單看那一件事，很難說沒有被合理化的一面吧。」

「就算是這樣，也有分可以做跟不能做的事情，我認為要好好在報告書寫上，這種做法有疑義。」

「寫當然是要寫，不過有部長這座靠山在，我看矢島分行經理應該也不痛不癢。」

什麼辦法都沒有，不甘心。但等舞再次回到諮詢組後，這份不甘心又多了一個新的疑點。

未批准箱裡有張傳票，是當天收到的，要中途解約定存的傳票，經辦人是內村。金額是日幣五百萬，寫著地址和姓名的傳票上還附有人別確認用的駕照號碼。

駕照號碼……嗎？舞的內心突然出現疑問。

抗爭。

剛才內村有提到這兩個字。

舞的胸口突然一緊，好像明白當時為什麼會對內村的話感到很在意了。

舞來到地下室的書庫，調查了包括錯誤匯款事件之前的定存中途解約的傳票。她拿出兩年份的傳票本，毫不在意弄髒手指，逕自從其中一端開始翻閱。

看完最後一張傳票後，舞一臉茫然地抬起頭。

這兩年來，內村處理的定存中途解約，完全沒有用「健保卡」號碼做為人別確認資料，全部都是用駕照或是護照。

這難道只是單純的偶然嗎？

她從地下書庫來到結束營業的辦公區，看著內村以熟練的手法有條不紊地清點著櫃檯的現金。恐怕以自己分行指導的立場都無法與她抗衡，那很明顯就是堪稱完美無缺的作業方式。

那麼優秀的她真的有可能犯這種錯誤嗎？

不，只要是人就一定會出錯。剛才自己明明才說過這句話，現在卻不得不對這句話存疑了。

「內村小姐，可以問妳個問題嗎？」

舞小聲地對正在數一萬圓鈔票的內村說道。內村用眼神示意「請說」。

「我想問的是正在打官司的那個錯誤匯款，為什麼妳沒跟來銀行的犯人要求出示駕照呢？如果是妳的話，我覺得妳應該不會跟對方說要看健保卡，而是駕照才對。」

內村的目光沒有從手中的鈔票移開，她開口回答。

「是耶，為什麼呢，人有時候就是會突然中邪吧。可能我那時候就覺得健保卡比駕照好吧。」

說謊，不可能是那樣。

在碰到那個定存解約申請時，內村應該就懷疑起對方的身分了。但她卻沒拒絕對方，而是故意仰賴中西的判斷。

藉由讓中西也必須對判斷出差錯負責來報一箭之仇——這就是那個錯誤匯款的真相吧？這就是她的抗爭吧？

現在錯誤匯款的責任卻要推到她一個人身上。舞在這個當下才終於理解，內村現在究竟在與什麼戰鬥著。

「我想我可以幫上忙，關於妳的抗爭。」

舞如此說道，但內村卻沒有回應。

兩人之間只有規律地數著鈔票的指尖發出的聲響。

三號窗口

1

「再給我一點時間——只要再一點時間就好了，拜託您。」

說出這句話的男人深深地一鞠躬。他身上的高級套裝可以證明他是在一流企業工作的上班族。然而一抬起頭，附著在男人臉上的只有不安與恐懼。

桌子對面是一個叉著手臂、體型魁偉的男人，腿張得開開的。

他的臉頰抽搐得厲害，幾乎可以聽到他咬緊牙關的聲音。宛若錐子或鑿子那般鋒利的目光射向男人。

「這句話你說過幾次了？我不可能再等了。」

「這部分拜託再請您給個方便，我現在正在申請貸款，手續需要花一點時間。」

男人在三宮的酒吧裡和女人好上大約是在一年前發生的事。

那是一個既年輕，個性又奔放的女人。

他被她的肉體所吸引，從自己的薪水中硬擠出錢去買名牌首飾和衣服給他的愛人。

然而這種關係在被他太太知道後又是另一回事了。才剛提出要分手，女人立刻翻臉，要求他付撫慰金。

日幣三千萬。

做為劈腿的代價，這算是超出一般常識的金額。本來想說展現誠意給對方看的話也許能減少一點……於是他便這樣與對方交涉，但在眼前這位，那個女人的情夫出現後，他原本的打算也輕易地被毀了。

男人訂了一個償還撫慰金的期限，而他完全不是可以討價還價的人。

對方威脅他不付錢的話，就會讓他的家人和公司知道他和這個女人的關係。一開始把他叫出來時，對方就已經讓他看到他和女人親密行為的影片，把男人原本不屈服威脅的決心砸得粉碎。他沒想到事情會發展成這樣，等他意識到自己上當了的時候已經太晚了。現在的男人不過是被過去裝成他情人的女人和這名黑道操弄的人偶。

「怎麼樣，你想要我公開這件事嗎？」

女人嬌滴滴地說。她的眼睛宛如貓眼，有一副輕盈的體型。

「拜託不要，這點絕對不行，拜託饒了我吧，奈美，拜託。」

「誰准你叫這麼親密的！」

男人抬起腳往桌子一踢，桌子的一側用力地撞擊男人的小腿骨，劇痛逼得他眼淚直流。

「對不起，拜託、拜託您行行好，就我說的那樣。」

「妳說怎麼辦啊奈美？」

男人離開沙發，跪在地板上。

「拜託！拜託！」

頭頂上傳來「呼」的一聲大大的嘆息。

「再給你一個禮拜，在那之前你就好好努力吧。」

「非常謝謝！」

向對方敬禮道謝的男人，緊握著因絕望而顫抖著的拳頭。

走出綜合大樓的男人，覺得寒冬裡的冷風還比那些事更容易忍受。

雖然沒辦法跟那個黑道說，但其實向銀行申請貸款的結果早就出來了，他被拒絕了。

本來他還想去借高利貸，可是三千萬這個數字也不是那麼容易就能夠借到的，他被逼到絕路了。

這下只能去搶銀行了吧——他自嘲地對自己開了玩笑。但就在這個時候，男人心中浮現出一個想法。

他艱難地朝著三之宮車站走去，一邊思考著那個想法。

但馬上他就發現這個計畫需要同伴，於是男人的計畫落空了，暫時的。不到一會兒，那個計畫又再度復活。

以他的身分，剛好知道幾個跟自己同樣為錢所困的人。只要挑對人，接下來的事就沒那麼難了。

就一個點子來說，這個想法還不錯。

在男人的家人等他回家的期間，他又熱衷地思考了那個計畫一陣子。為了打破現狀，也只能那樣做了。一旦這麼想了之後，心裡就更覺得非做不可了。

當腦中的計畫有了大概，男人更加堅定了自己的決心。

2

「你說書面意見？」

東京第一銀行總行七樓的董事室中，真藤臉上浮現出微怒的表情，瞪著對方。

被他瞪向的那張臉老實地回答：「是的。」這位是企劃部稽核兒玉直樹。真藤是企劃部長，兒玉不只是他在企劃部的下屬，還是他隱藏在銀行內部的勢力，是真藤派系中的年輕領袖。

「去自由之丘分行查核的事務部小組向上報告了該分行的內部情況，嚴厲地批評了重視計算盈虧的改革路線。」

「還真有事務部稽核的作風啊，真該死。」

真藤拍了一下膝蓋。兒玉看著他生氣的樣子，有些謹慎地繼續說道。
「那份報告書已經從事務部長那裡轉到人事部長手中了。」
「什麼？」
企劃部長的臉頰泛起紅暈。在董事長競賽中，人事部長時枝春一被大家視為真藤的對手。
「然後呢？矢島怎樣了？」
自由之丘分行經理矢島以前曾是真藤的下屬，也是真藤派系中的主力成員，並受他關照的一人。
「這次的結果判定分行經理的人事政策有誤，人事部正在討論後續處置。我們要做些什麼嗎？」
兒玉發問之後，真藤生氣地回答。
「沒辦法做什麼明顯的動作，要是跟派系扯上關係，我跟你都會很麻煩的。矢島的處分出來之後，當然要他乖乖遵從，誰叫他自己是這種貨色。竟然會被分行指導組欺負成這樣，矢島也是老了，我也是看錯人了。」
兒玉聳了個肩，真藤開口問道。
「你說的那個查核小組是誰負責的？」
「是事務部的相馬稽核，還有一名女行員，聽說他們明天預定要去神戶分行查核。」

「去神戶？」

兒玉會特別提到一定有其意義。神戶分行的分行副理紀本肇，也跟真藤走得很近。

真藤露出淡淡的微笑。

「自由之丘的仇就在神戶討回來吧，兒玉。」

「是。」兒玉表示遵命之後，也跟著擠出笑容來回應真藤的放聲高笑。

3

「哎呀呀，優秀的分行指導組來啦？」

紀本開口第一句話就充滿了諷刺。

「哪有什麼優秀啦。」

相馬健完全聽不出對方的話中之話。然而站在他身邊的舞卻突然嚴肅起來，盯著紀本看。

「看起來很年輕耶，妳進銀行幾年了？」

注意到舞內心的反抗，紀本開口問道。

「今年是第五年，接下來這三天還請多多指教。」

舞回答，但紀本在意的地方卻是：「第五年嗎？」

「我們銀行有很多資深行員，妳有辦法勝任嗎？我是指查核的工作。」

「沒事啦，我也在。」

對於不會看氣氛的相馬，紀本第一次瞪向他，表露出內心的不滿。「問題不在這裡，而是除了我們銀行，你們應該還有其他地方可以去吧？相馬稽核。」

「呃。」

相馬終於發現他們是不受歡迎的，原先臉上浮現的笑容迅速凋謝。他坐在沙發上，屁股動來動去的，像是哪裡不舒服一樣。

「恕我直言，副理，神戶分行在這六個月發生了兩件重大過失，分別是金額錯誤和帳戶錯誤。不得不說，只要有一點小差錯，品質就會低於其他銀行的處理等級，這部分還請您諒解。」

「沒辦法諒解。」

紀本不客氣地說道。「因為這兩件重大過失都是由同一個行員引起的啊。」

這可是第一次聽說。

「是這樣嗎？」相馬一臉茫然。

連這點都沒調查就來了嗎？紀本表現出這般態度，一點也沒把相馬看在眼裡。占了上風後，他的態度更加高傲，看起來旁若無人。

「查核是三天吧，算了，也沒關係。雖然有一個人在扯後腿，但其他行員的作業能力可是遠遠凌駕於其他分行的行員的。花咲小姐真的有辦法指導她們嗎？還是必須反過來被她們指導咧？」

話說完後，紀本打了內線電話吩咐「請營業部長上來」，對他們說完自己很忙後就迅速離開了。

「感覺真討厭對吧。」

舞率直地將自己的想法說出口，但相馬內心膽小的情緒已升起，看起來有些焦慮。

「應該要再調查一下才對。」

向事務部部長申請要來神戶分行查核的並非別人，就是相馬自己。雖然用「連續發生重大過失」這個理由聽起來的確很妥當，但一開始就覺得怪怪的。

過了不久，一名頭髮稀疏，快五十歲的男人走了進來。一般說到營業課長，大部分看起來都很土氣，這個男人也不例外。

「我是營業課長，敝姓八木。」

簡單介紹完自己後，八木祥治引領兩人下樓。

神戶分行是關西首屈一指的大銀行，是歷史久遠的知名分行。分行經理還兼任董事，剛才會面的分行副理如果放到其他分行，位階等同是分行經理，掌管現場決策權。相較之下，身為董事的分行經理則由於權勢過大，所以不會對現場的小事逐一下指示。

「不好意思，今天就看營業廳的櫃檯可以嗎？因為其他部門現在都在忙。」

八木面帶困擾地說道。雖然事先傳了三天份的行程計畫表過來，但看來對方是要他們變動計畫。

「沒關係，畢竟重大過失也是發生在櫃檯。」

相馬說完後，看向三個並排櫃檯的女行員的背影。

八木一臉不高興。

「是的，沒有錯，田端恭子有點問題。」

指名道姓了。八木以冷淡的目光看向三號窗口。

那是一個苗條的背影。應該是新人吧，看起來很年輕。

雖然從她努力接待客戶並忙碌作業的樣子看起來，確實有可能出錯，但也有著滿滿的誠意。她的笑容也很棒，只可惜被上司八木冷眼以待。

「她要是振作一點，也不用麻煩分行指導組的人過來了。」

看來這個八木也跟分行副理一樣有雙面人的傾向。

「田端小姐，過來一下。」

八木毫無顧忌地叫喊對方，舞不由得皺起眉頭。

現在正有一名客人拿著存摺站在田端負責的三號櫃檯前，這種時候不應該叫她，因為這種行為等同於是在輕視客人。

但是田端表現得很好，她並沒有因為自己被呼叫而受影響，而是好好地接待對方，沒有中斷對客人的服務。等所有該做的事情都做完之後，她才離開窗口。

這樣的田端卻被八木斥責了。

「太慢了！我在叫妳的時候就應該馬上過來。」

「對不起。」

雖然田端並沒有做錯事，但她還是道歉了，然後看向舞與相馬。八木繼續說道：

「這兩位是事務部分行指導組的人，首先要先去妳的櫃檯看妳作業，妳給我牢牢記著。都已經給我們分行添麻煩了，不要再害我們的評價降低，聽懂沒有？」

田端咬緊唇瓣，忍耐地說道：「對不起。」看來犯下重大過失的事現在依舊沉重地壓在田端的雙肩上。

「請多多指教。」

田端轉向舞，謙虛地行了個禮。

4

田端恭子是剛進神戶分行第一年的櫃員。

「這半年來很辛苦吧？」

「不，是我要學的東西還很多。」

恭子一臉乖巧，用指尖擦去啤酒杯上的口紅印。

在神戶分行查核的第一天，他們跟恭子一起度過了這一整天。

她的確就跟新人一樣活力滿滿，禮儀方面也很完美，無奈就是作業方面的技術還有待加強。

「不過妳還是新人不是嗎，大家應該要更照顧妳才對吧？」

相馬點頭贊同舞的話。「妳的教育指導員是誰？」他開口問道。

東京第一銀行會幫新人行員安排教育指導員，由可以獨當一面的行員來指導。並不是只有東京第一銀行才有這種制度，其他銀行、甚至一般企業都廣泛導入這種制度做為研習指導的一環，這並不少見。

「之前有榊原前輩在，但她在今年五月結婚離職了。」

「那接替她的教育指導員呢？」

「沒有，後來就都沒有了……」

相馬與舞同時嘆了口氣。差錯就是從那之後開始出現的，應該說這是註定會發生的。銀行的事務並沒有簡單到可以讓新人完美無缺地作業，有時候一個窗口一天要處理好幾百件的工作，而且還是很要求速度的繁忙作業。現在的她還沒辦法勝任。然而無論是紀本還是八木都不想辦法解決這種狀況，還責罵因此出錯的她，他們的思考方式很有問題。

「相馬稽核，我明天也可以負責她的櫃檯嗎？」

相馬拿起裝著啤酒的玻璃杯靠近嘴邊，稍微想了一下舞的提議。

「也沒什麼不可以吧，其他的就由我來負責，妳就幫忙她吧，我覺得這樣比較好。」

「非常謝謝您。」

神采奕奕說出這句話的人並非舞，而是恭子。

在舞和恭子一同享用晚餐的時候，同樣在三之宮車站附近的酒館則聚集了三名男子。

因為他們一直顧忌著周遭的關係，多少可以看出正在商量著什麼壞主意。然而在老式民間藝術風格的店裡，有好幾個包廂都掛著簾子，難以透過薄絲看清楚男人們的表情。

「計畫是這樣的。」

其中一人說道，是穿著剪裁很好的西裝套裝的男人。另外兩人也穿著套裝，不過比起上班族，看起來更像是隨興的自由業。但人不可貌相，這兩人分別都是經營著小公司的社長。話雖如此，他們的公司都已經走到窮途末路，背負著巨大債務，陷入不曉得明天在哪的危機。

「首先我們要盡可能地收集現金，可以到一億圓的話是最好，但湊不到這個金額也沒關係。應該是沒辦法跟銀行借，但說只有一天的話，應該還是有地方可以借到吧。總之要盡量湊錢。」

「然後呢？」

另外一人抽著菸，語氣輕鬆地詢問。雖然輕鬆，但聲音聽起來是有所覺悟的。

「然後要分頭進行。」

男人說道。

「首先要有一個人去哪間銀行的分行等著。另外一個人則拿著收集來的現金去別間銀行，然後再請銀行用電匯處理這些錢。」

「不能用ATM嗎？」

「不能。」

男人斬釘截鐵地說。「一定要跟銀行窗口說是要用電匯的，還要拜託他盡快處理，然後在看到窗口的行員用連線電腦處理完匯款的時候，就要這樣說：『要是沒有匯過去就好了』、『可以馬上把錢還我嗎？我有急用，拜託快點。』」

「這是哪門子的騙錢計畫？」

一直保持沉默的第三名男人開口發問。

「你聽不懂嗎？在處理完匯款的時候，正在別家銀行等的那個人就要在確認錢匯到了的同時把錢領出來，然後逃跑。另一邊，委託銀行匯款的人則拿著現金逃跑。」

「換句話說，在取消匯款之前就要拿著現金逃跑了吧，這個還挺有趣的，感覺很好笑耶，活該啊他們。」

一個月前才被主要往來銀行斷了支援，無法做資金周轉的第三名男子發出尖銳的笑聲。

「這就是大概的計畫，現在我們來討論細節。」

領頭的犯人男子說完之後，笑聲立刻消失，男人們的聲音再度在簾子的內側窸窸窣窣起來。

5

舞是在第二天下午注意到那個男人的。

神戶分行營業課的等候室很大，有好幾張沙發。男人坐在其中一張沙發上，快五十歲，身上穿著一件有點老舊的咖啡色夾克，下半身穿的應該是黑色褲子。他將雜誌攤開在面前，翹起腳，頭上的髮量有些稀疏。不曉得是不是感冒的關係，臉看起來有一點紅。

「那個客人……」

舞站在恭子的背後低聲說道。

「怎麼了嗎？」

正在處理事務作業的恭子停下手邊的動作，開口詢問。

「沒什麼，就感覺他昨天也在這裡耶。妳看，就是坐在裡面那張沙發上的中年男子，穿著咖啡色外套的……」

「昨天也在嗎？」

恭子光眼前的工作就忙不過來了，完全沒有時間注意周遭的其他事物。但舞就不一樣了，從她開始注意到那個人已經有將近三十分鐘了，那個客人一直在等待。

「不好意思。」

舞叫住在這層樓的總務行員，是一位掛著臂章的引導專員。別著「金田」名牌的、有些年紀的男人走近三號窗口。舞向金田說：

「裡面那個客人好像等很久了。」

金田轉過頭去，說了一句「啊，對耶」。他輕輕地對舞舉了一下手，便往男人走去。

「不好意思，我看您好像等很久了，請問您要申辦什麼業務呢？」

金田開口詢問後，男人不發一語地起身，慌張地從出入口離開了。

「那個人是怎樣啊？」

不曉得是不是有些生氣，金田一邊看著那名男子的身影消失，一邊開口說道。

「要小心點喔。」

舞說。「畢竟什麼客人都有。」

什麼客人都有，意思就是也會有不好的客人混在裡頭。

實際上會有各式各樣的人出現在銀行櫃檯，當然大部分都是正正經經的人，但也不能不小心其中混入帶有惡意的客人。

有開戶後利用支票和票據做詐騙的人，也有來找碴、威脅要搶錢的人，還有並不是真的來領錢，只是故意來欺負行員藉此舒壓的客人。而稍微一點事就被激怒，在櫃檯窗口大吼大叫的客人則不管在哪間銀行、哪間分行都有。

其中最需要警戒的就是來搶劫的直接犯罪。

而沒什麼事卻一直待在大廳的客人，也會被銀行員懷疑是來事先調查環境的。這類銀行員的職業病是很正常的自我防衛手段之一。

「妳有看過那位客人嗎？」

「沒有。」

恭子回答。也就是說，那是第一次來的客人。或許不管做什麼生意都是這樣，但銀行也會對第一次來的客人特別留心。

然而在聽到她們說的話後，老行員金田卻說：「總覺得在哪裡看過那位客人耶。」

「大概是有交易過的顧客，我記得——」

他用力地將手指按在額頭上。「應該是一間叫西神戶不動產的不動產店沒錯。」

「是申請貸款的客人嗎？」

舞開口問道。銀行有各式各樣的顧客，如果不只是來存錢，而是還有到融資課做交易的人，首先身分上應該不會有問題。因為在出色的大型銀行，東京第一銀行中，客人的品行也是重要的財產之一。

「記得他以前常常去二樓，但現在應該沒有了。」

二樓是辦理融資相關業務的地方。

「那應該是沒有繼續貸款了吧。」

舞說道。「如果有沒什麼事卻一直坐在大廳的客人，還是要稍微打聲招呼。」

「交給我吧。」說完之後，金田便回到自己的工作。

「怎麼了？」

就在這時，營業課長八木開口向他們搭話。

「有個看起來有點奇怪的客人。」

聽完舞的說明，八木看她的樣子也很像是在看一個來找麻煩的人，並沒有多做回應，反倒是將手上的傳票交給恭子。

「這個幫我入款一下，是現在在分行經理辦公室的客人──明石建築，帳戶帳號妳再從顧客系統裡查。」

「好的。」

恭子拿出板子，將支票和只有帳戶帳號是空著的匯款單收下。

下一位客人已經站在櫃檯前了。

「我來處理吧，妳去服務客人。」

說完之後，舞將自己的ＩＤ卡插到身後另一臺連線電腦的插槽裡。

6

「妳說！妳到底想幹麼啊！」

分行副理紀本臉紅脖子粗地大聲罵道。

這是發生在那天傍晚的事。

「非常抱歉。」

舞道歉。雖然很不甘心，但出錯就是出錯了，沒有其他理由。

「真是的，丟不丟臉啊。」

紀本毫不留情地罵道。「明明是來指導的，結果根本沒什麼經驗。相馬稽核，你說要怎麼辦？」

他們人在位於分行二樓的副理座位前。

紀本的怒吼響徹整層二樓，傳到所有人的耳中。舞因為自己的失誤，在眾人環視之下被斥責。

原因出在她代替恭子處理的那筆，明石建築公司的存款。金額是三百萬圓，但舞把錢匯到與明石建築公司同名的另一間公司去了。等她作業完後，經由八木確認後才發現，於是便引起騷動了。

一間是股份有限公司明石建築，另外一間是明石建築股份有限公司——差別只在於股份有限公司是放在前面還是後面，其他文字都是同樣的。（註1）對需要擁有許多交易客戶的銀行分行而言，這種情形並不少見，但也不能因此就拿這點做為出錯的理由。

「對不起，因為匯款申請書上沒有帳戶號碼，所以我只能用系統搜尋，沒注意到有另一間同名的公司。」

「所以是傳票的問題囉？妳是這個意思？」

紀本嗆了回去。

「不，我不是這個意思。」

「根本是來帶衰的你們。」

紀本直接說道。「說什麼分行的事務作業有待加強，那你們又是來指導什麼的？聽到犯下這種大錯的是分行指導組還真令人傻眼，我一定要向事務部嚴正提出抗議。」

「副理，非常抱歉。」

雖然相馬道歉了，但紀本還是怒氣沖沖地立刻拿起話筒，按下銀行電話簿上的號碼。

「喂喂，是芝崎次長嗎？欸你們分行指導組的兩個人根本是來給我們添麻煩

註1 日文「株式会社」依其命名可為公司名前綴或放置公司名後側。

的。」

舞犯下的錯誤叫做轉錯帳戶。

本來應該收到匯款的帳戶並沒有收到錢，而是匯到另外一個帳戶了。換句話說，就是犯了搞錯帳戶的失誤。這在銀行的業務過失中屬於前三大的重要過失。

「是、是……」

喋喋不休向對方報告出錯內容的紀本，帶著勝利的表情聽著芝崎說話。話筒中傳出次長道歉的聲音。

「當然是這樣，我知道了。可是芝崎先生，我想拜託你把這兩人叫回去了，你看怎麼樣？」

舞驚訝地抬起頭。萬一次長同意分行指導計畫提前結束的話，分行指導制度本身也有可能被毀掉，那樣就沒有相馬與舞的立足之地了。

然而這部分芝崎很堅持地守住了。

「好吧，這樣的話就讓他們待到明天吧。真的拜託了喔，再這樣下去，別說要提高我們銀行的業務處理能力了，只會下降吧。事務部這種重要的部門要是一直被扯後腿怎麼辦？至少也派優秀一點的指導員來，不然只是給我們分行找麻煩而已。」

真的是想說什麼就說什麼。

「基於武士道精神，再給你們一次機會。」放下話筒後，紀本向低著頭的相馬與舞說道。

「這位指導員有辦法好好指導嗎？要不要我們這些做學生的來給你們指導一下啊。你說是不是，八木？」

一直站在不遠處靜觀事態發展的八木，臉上掛著壞心眼的笑容。

7

「錢湊到多少了？」

穿西裝的男子問。

地點在港灣人工島飯店的休息區，從陰暗的店內可以看到一整片窗戶的神戶港夜景。周圍有許多情侶，但圍坐在這張桌子的三人完全沒將夜景什麼的放在眼裡。

「我總算是湊到了五千萬。」

其中一人說道。「不過是有條件的，明天一定要還。」

「不要緊，你咧？」

「我這邊有三千萬，那你呢？」

帶頭的犯人回答：「我連老婆的私房錢都拿來了，大概可以動用兩千萬。」

「合起來正好有一億，幹得好！」

他們事先約好了報酬會分成三等分。這樣穿套裝的男人就湊到三千萬圓了，而另外兩人在自己經營公司的周轉金上也能鬆一口氣。

「那要把錢匯到哪裡？」

穿套裝的男人問。「可以的話最好是實際不存在的，幽靈公司的戶頭。」

「我找到了。」

話說完後，另外一名男子拿出來的是某個地區銀行的一般存款存摺。存摺上是一間土木建築公司的名字，印刷字體有些磨損。

「這是從哪裡弄來的？」

第三名男子開口發問。

「透過某個管道買來的。不用擔心啦，我是用匿名拿到轉讓的。雖然花了一百萬，但這筆錢晚點會平分的吧。這間公司半年前就倒了，但是沒跟銀行申報。對方大概以為我是這間公司的員工吧，剛好很適合我們的計畫。」

「總覺得有點舊，不過算了。」穿著套裝的男人檢查了那本存摺，說完這句話後又將存摺遞回去。

「明天跟他們說你要領一億圓現金，時間就訂在銀行最忙的下午兩點過後吧，跟他們說你馬上就要領，叫他們要先準備好，記得別做什麼引人注目的事喔。」

「我知道啦！」

男人露出滿意的笑容，將另外一名男子帶來的無邊帽和假鬍子拿來搞笑。

「白痴！不要鬧了！」

另外一名男子緊張兮兮地說道。「你那邊都沒問題嗎？」他問向穿套裝的男人。

應該吧。男人臉色僵硬地說。

「應該是什麼意思？」

「老實說，總行派分行指導組來了。」

「分行指導？那是什麼？」

一人問道。

「總之就是來指導分行業務的一群人，有點麻煩，本以為今天可以把他們弄走的，結果還是失敗了。明天他們應該也會在。」

「這樣沒問題嗎？」

一人不安地問道。

「不用擔心，明天是二十五日，臨櫃會非常忙，挑這種時候下手成功率很高。」

「萬一是非常小心的事務員怎麼辦？」

男人把銀行員稱為事務員。

「那時我會在後面協助的，沒辦法。」

「就算不是那個時候你也要協助吧！」

「是吼。」

男人稍微想了一下，說道：「如果被三號櫃檯叫到就好了。」

「三號櫃檯？為什麼是那個櫃檯？」

「剛好是最不熟業務的新人站那個櫃檯，明天那個時間她應該會很混亂，希望計畫順利的話，就在那個櫃檯亂罵一通就好，這樣一定會很順利的。」

沒有人說話，但三人的嘴角都上揚著。「要不要再喝一杯？」接著很自然地有了這個提議。

「氣死我了！」

舞破口大罵。

「妳是不是想太多了啊？『狂咲』。」

相馬叫出舞的綽號。

他們在投宿旅館附近的居酒屋二樓，因為旅館附的餐飲價格昂貴，所以相馬就出來找便宜又可以喝酒的餐廳。話雖如此，這真的是一間很吵雜的店，但也多虧這點，舞的聲音都被周遭的音量蓋住了。

她在氣的是早上弄錯帳戶那件事。

「那個絕對是陷阱啦！」

舞得知那件事是她在更衣室換衣服的時候。那時銀行的業務都已經結束了，一名和融資相關、幫紀本把傳票拿給八木的女行員，對舞說了「對不起啊」。

一開始她還不知道為什麼她要這樣說，雖然被紀本那樣訓斥的舞感到很沮喪，但她不覺得對方需要跟自己道歉。

「我才要道歉，對不起給你們分行添麻煩了。」

結果那名女行員卻說出了令人意外的事情。

「不是的，那張匯款申請書上不是沒有帳戶號碼嗎？我本來要寫上去的，結果紀本副理叫我就這樣空著拿給八木課長。因為還有另外一間公司跟那間公司同名，要特別註記的才對，所以我在猜，他是不是覺得這樣妳才會弄錯。」

那是一名資深女行員，她一臉憐憫地向舞解釋。舞看著她說話的樣子，終於明白了她的意思。

八木拿來那張附上支票的傳票時，也是空著帳號那欄，沒有特別註記什麼。一般遇到名字一樣的公司，都會特別提醒一下，但他卻隻字不提，只是默默地看著舞操作。

「那絕對是他設的陷阱！」

舞再次斷定說道。「可惡啊！真的很不甘心耶。」接著一口喝盡杯裡的酒。

「不要用這種自暴自棄的方式喝酒啦，明明還是個年輕女生。」

舞只要一生氣就沒有人勸得了她。深知這點的相馬跟她一比，倒是很矜持地喝著酒。

「怎麼回事，我竟然會上這種當！」

「好啦，忘了吧。」相馬對陷入自我厭惡的舞說道，因為他已經覺得有點煩了。

「剛才我也有跟次長說，這種情形照理說都會告知有另外一間相同姓名的公司，而且沒寫上帳戶號碼就拿給別人這點感覺也是故意的，雖然說當初要是謹慎點應該是可以避免這種情形發生，但這並不是妳一個人的問題。」

「反正就是我的錯啦。」

「那妳明天想辦法挽回不就好了。」相馬對說出那番話的舞說道。

「但是——拜託妳可別當場發飆喔，這點真的是拜託了喔，狂咲。」

8

有一個詞叫做五十日。

意思是月曆上碰到數字五或十的日子，剛好那幾天都是貿易結算日，同時也是銀行較為忙碌的日子。但其中二十五日又是在月底，所以是銀行最忙碌的日子。

這天，神戶分行才開始營業不到十分鐘，客人就已經將銀行擠得水洩不通。

「那今天就看諮詢組可以嗎？臨櫃組已經都沒問題了吧。」

被一臉不耐煩的營業課長八木這樣說，舞也只能去負責定存及投資信託等銷售金融商品的人員。

代代木分行出身的舞，之前從來不曉得遇上大日的時候，規模較大的銀行會是什麼樣子。

充滿殺氣的周遭與緊張的氣氛，繃緊神經的交流，不論哪個，對她來說都是初次體驗。

田端恭子作業得還順利嗎？

舞站在相比之下較閒暇的通用櫃檯後方，感到有些擔心。

她不斷地往服務臺那裡看去，每次都會看到恭子拚命地在處理業務。到昨天為止的兩天，她在待客態度及業務處理技術上有了明顯的進步，舞覺得她是個聰明的女孩。並非沒有潛力，而是之前沒有人教導她的關係。

他們忙到幾乎沒辦法好好吃飯的同時，時間也一分一秒地過去。

時間已經超過下午一點半。

分行正式進入忙碌的尖峰。顯示等待人數的電子儀表上不斷閃爍著數字五十，換句話說，有超過五十名客人正在排隊等候著。那個閃爍的燈恐怕在距離結束營業前的一小時半內都不會消失吧。

舞一邊觀察諮詢組工作的樣子，偶爾給他們點建議，一邊也會留心她一直掛念的恭子。雖然個性很易怒，但這種細心為人著想的地方也是她的優點。簡而言之就是很有度量。

到目前為止感覺都還不錯，她心想。但就在過了下午兩點的時候，情勢變得有些奇怪。

稍微瞄了一下，只見恭子的手停了下來，一臉不知所措的樣子。有什麼她不知道該怎麼處理的東西。稍微思考了一下後，她站起身，帶著傳票去找八木。但八木的回應相當過分，他一臉不耐煩地說了什麼後，就拋下一臉無法接受的恭子，逕自離開位置了。不知該如何是好的恭子不知所措地站在那裡。

不好——

「我去臨櫃那裡看一下。」

跟旁邊的行員說完後，舞便走近一直呆站在那裡的恭子，拍拍她瘦弱的肩膀。

八木已經不知道走到哪裡去了，營業課長的位置是空著的。回過頭去，一臉煩躁的客人正盯著這裡瞧。

「有哪邊不會做的嗎？」

舞故作輕鬆地問道。

「不好意思，還麻煩妳特地過來。」

恭子的票據盤上放著稅金相關的複雜文件。

「我知道了，這個我來，妳看著我做。雖然我昨天失誤了，但已經不要緊了。」

舞站到恭子的櫃檯。

「不好意思讓您久等了。」

對等候的客人說完這句話後，舞便有條不紊地開始處理那張傳票。她出色的作業讓恭子都看呆了。

「我先暫時幫妳一下。」

處理完那名客人後，舞馬上按下叫號按鈕。

男人拿著一只堅固的手提公事包出現。

那是一名看起來超過四十五歲，額頭非常寬的男人。雖然頭上戴著洋基隊的帽子，但每當他開口說話，都可以看到他額頭上的青筋微微震動著。鼻子下方則留著從耳朵一直連到下巴的鬍鬚。

「到底是要我等多久啊！」

這是男人開口的第一句話，說完還把揉成一團的號碼牌丟了過來。那團紙往櫃檯飛來，飛過舞的側臉，砸到站在她背後的恭子的膝蓋，接著摔落在地。

舞很生氣，但她沒有表現出來。

「不好意思讓您久等了，請問今天要辦什麼業務？」

「這個幫我匯款，現金啊。」

他不斷用拳頭敲著公事包。「幫我用電匯。」

男人將事先寫好的匯款申請書推到櫃檯裡。

收款人是一間擁有地區銀行分行戶頭的公司。

金額是一億圓，是很大筆的現金匯款。

男人將公事包打開，將裡頭的東西拿到櫃檯上並排放好。

每疊一千萬鈔票上都綁著十字結，總共有十疊。也就是說，這裡總共有一億圓。男人大動作地看了一下手錶。

「拜託妳快點好不好，這是不動產要用的，對方很急。」

「好的，可以先跟您借一下這些錢嗎？」

「喂！妳該不會要全部數過一遍吧？」

男人的語氣聽起來很不和善。

舞擺出一臉為難的樣子。

「不好意思，我們還是必須要點一下您帶來的現金。」

「為什麼啊？上面有銀行的封條還不夠嗎？」

「非常抱歉，我們會以最快的速度幫您點鈔，希望您能諒解。」

「真沒辦法，動作快一點！」

男人粗魯地說完後，便往後方的沙發走去。

看他一臉平靜地找了個位置坐下時，舞突然有種被什麼電到了的感覺。

「田端小姐，請把這些拿去出納組用自動數鈔機點鈔。」

「我知道了。」

將櫃檯上的現金放進專用的盒子後，恭子便跑了起來。沒有確認金額就無法電匯，規定是這樣的。點鈔會花不少時間，在點鈔結束前舞也叫了下一號，迅速地處理著下個客人的業務。

「喂，妳在這裡幹麼？」

舞往聲音的方向回過頭去。

分行副理紀本正在瞪著舞。看來他已經結束和相馬的討論了，相馬也站在他身後，一臉擔憂地看著舞。

「今天應該是請妳去諮詢組指導吧，夠了沒，不要再在我們銀行裡搗亂了。」

「我並沒有在搗亂。」

舞向紀本提出反駁。「針對貴分行的新人田端小姐教育體制不夠完善，她會出差錯有很大的原因可以歸咎於這種制度。」

「妳在說什麼鬼話，真虧妳可以講出這種廢話，昨天在這裡弄錯帳戶的新人不知道是誰吼？」

「關於那點我道歉，但是這是兩碼子事。」

聽到舞這麼說，紀本也激動起來。

「妳隨便進到田端的位置是侵害我副理的人事權，我說得沒錯吧，相馬稽核？」

相馬戰戰兢兢地皺起眉頭看著舞，不要再鬧了啦──感覺他是想這樣說。然而舞只是慢慢地發揮她『狂咲』這個外號的本事。

「這只不過是指導的一環而已，紀本副理。我一直在注意她，而她看起來很明顯就是不知道該怎麼處理手上的業務，可是八木課長卻丟著她不管，不願意教她該怎麼做，這樣她會出錯也是很正常的。我的工作就是減少分行出錯，既然如此，我認為現在由我坐在她的櫃檯是最妥善的做法。」

「妳少在那邊自以為──」

紀本話說到一半的時候，恭子回來了。

「田端小姐，金額都對嗎？」

「這裡剛好一億圓。」

「謝謝妳。」

舞忽略一旁的紀本，再次回到三號櫃檯。

「離開那裡！田端去櫃檯跟她交換！」

紀本氣到臉色漲紅的樣子一點也沒有影響到舞，她直接忽視副理的存在，對恭子下指示：「把現金放在那裡。」再向櫃檯外側呼叫那名填寫匯款申請書的男人。

「青島吉三先生。」

男人大概是等得不耐煩了，立刻就走了上前，像是在往什麼目標衝刺那樣。

「喂！給我快一點！時間快到了，那一億圓沒問題的話就快點幫我用！」

「不好意思，還要跟您收匯款手續費。」

「搞什麼鬼啊！」

男人從口袋裡扯出一張皺巴巴的千元紙鈔，落在她遞出來的現金盤上。

「請您稍等一下。」

舞拿起匯款申請書，在連線電腦上輸入必要資訊，就只是一眨眼的時間而已。

她敲打在鍵盤上的手指，速度快到幾乎無法看見。

9

男人焦躁不安地等待著。

他抽了號碼牌，剛好運氣很好，抽到三號窗口。在那之前都很順利。

但是坐在櫃檯的並不是平常那個新人，恐怕就是從總行來的分行指導組的女人。從名牌可以得知她的姓氏，花咲。

雖然是個漂亮到會讓人心動的女人，卻又好像會被她邏輯分明、甚至令人感到有些魄力的待客方式逼得放鬆警惕。男人只能擺出生氣到有點誇張的程度，藉以對抗自己感受到的壓力。他丟出號碼牌，故意將千元鈔隨便丟到現金盤上。

然後再威脅對方：給我快一點。

接著紀本也出面支援了。

在等待大廳就可以清楚知道櫃檯內現在發生了口舌之爭。

不只男人，其他客人也看花咲和紀本爭執看得津津有味。

他大概可以想像紀本的做法，讓新人而非花咲坐在窗口，他們的計畫才比較有可能順利執行。

他的手機響了。

「還沒好嗎？」

是正在別間銀行等待的同伴。

「還要再一下，你電話不要掛，就這樣等著。」

就在這時，男人看見紀本捏了一下鼻子。

那是連線匯款已完成的暗號。

「好了，快提錢。」

對著手機這樣說完之後，男人再次往三號窗口邁近。紀本的表情因緊張看起來有些僵硬。接下來才是最最關鍵的地方，我來挑戰那個女的。

「搞屁呀！太慢了吧！」

他知道所有人的視線都集中在大聲吼叫的自己身上。

然而花咲卻一臉若無其事，絲毫不為所動。

「非常抱歉讓您久等了，請您再等一下，馬上就好了。」

正當花咲要往傳票蓋上處理章時，男人向她大喊。

「拿來！我不辦了，錢還我！你們是想讓客人等多久啊？給我差不多一點，我要去其他銀行辦了，把錢還我！喂！」

他伸出食指戳向身邊的男人。他之前聽紀本說過這個人，營業課長八木，只要遇到客戶糾紛，馬上就會被嚇得不行。八木現在鐵青著臉，臉頰也僵硬得抽動了幾下。

「快點把錢還我！」

八木身邊放著一個盒子，裡頭裝著男人稍早交出去的一億圓。「要是拖到我的交易，我一定會要求你們賠償我的損失！」

很好，真是完美的演技，他自己也這麼覺得。如他所料，八木的手伸向裝著現金的盒子，戰戰兢兢地拿到櫃檯上。

很好，就是這樣。

男人伸出手，但是——

「啊——！」

指尖碰到盒子的瞬間，盒子卻在男人面前消失了。花咲從旁邊奪走那個盒子，放到櫃檯內側。

「這位先生，現在還不能將錢還您，請您再稍等一下。」

「什麼？快點還我！那是我的錢吧，小心我告妳喔！」

儘管如此，這些威脅的話卻沒辦法對她起任何作用。

花咲堅定的目光直直地射向男人。

就在這時，紀本從背後輔助了。

「喂！妳在想什麼啊，快點把錢還給客人！」

八木跟著幫腔。

「喂、妳給我差不多一點！」

就連相馬也不知所措地對她說：「狂、狂咲，拜託啦……」

狂咲朝著這些指責她的聲音大喝一聲。

「一億圓要是出錯的話也沒關係嗎！」

相馬驚訝地倒吸一口氣。所有人都因為她的怒吼停下動作，看向狂咲。

眾目睽睽之下，舞從容地作業著，迅速地操作連線電腦，叫出取消電匯的畫面。

但是——

原先想要作業的花咲，指尖就那樣停了下來。

她的表情僵硬著。

銳利的目光從櫃檯內側往男人掃過去。

「這些錢沒有辦法還給您了，這位客人。」

「妳是在給我搞笑嗎！」

男人虛張聲勢，卻無濟於事。

「錢已經被收款人領走了，您剛才有用手機講電話吧？我是覺得時間也太剛好了，您怎麼說呢？」

一針見血。他頓時不知該如何回應。

男人蓋上空空如也的公事包，從櫃檯往後退了幾步，接著突然向後轉，往出口的方向邁出步伐。就在這時，花咲的聲音從後方追來。

「西神戶不動產老闆——！」

男人不由得轉過頭去，驚訝得連臉上的假鬍子掉了都沒發現。

花咲站起身。不知為何，一被她炙熱的目光盯上，就覺得腳動不了了。

搞什麼啊這個女人，好強大的氣場——

紀本站在花咲身後，表情詭異地扭曲起來。從他顫抖的嘴唇，可以看出他內心的動搖。

手機響了。男人下意識地拿到耳朵旁，電話另一頭傳來輕鬆愉悅的聲音。

「你那邊的狀況怎麼樣？領到整整一億圓啦！呀呼！」

「白痴！你是在爽什麼啦！」

男人好不容易才擠出聲音來。「被來查核的那個女人給陰了，你快跑，我也——」

正當自己也打算逃跑的時候，手腕卻不知道被誰抓住，接著就看到了營業廳引導員的臂章。

「金田先生。」

這時，花咲的聲音再次出現。「請把他帶過來這裡，因為那位客人好像是紀本副理的朋友。」

花咲一臉若無其事地坐在三號櫃檯。而她身後的紀本則像完全凍結了一般。又過了一會兒，營業廳再次響起叫號聲，彷彿什麼事都沒有發生過。

真金不怕火煉

1

「社長，非常感謝您平常如此照顧我們東京第一銀行。」

東京第一銀行七樓董事廳的接待室中，真藤毅深深地彎腰鞠躬，露出和藹可親的笑容。

「哪裡，我才要謝謝你們一直給我們照顧，感謝啊，我今天早上才跟我太太說，真是太感謝東京第一銀行了。」

「您說這什麼話啊，真是不敢當。」

平常不會來銀行露面的對方預約了會面，如果是年初來拜訪的話通常都是由他們前去，但對方卻自己來訪，應該是有什麼要事。看著一直沒有表現出真正來意的對方，真藤刻意留了一小段時間，等待正題出現。

對方愜意地翹起腳，從胸前的口袋拿出菸點火，在吐出煙的同時開口說話。

「其實我是想說，景氣也慢慢回升了，延滯已久的研究開發計畫也差不多該動作了。」

真藤的眼睛亮了起來。

「這是好事啊，您終於決定了嗎？」

他拍了一下膝蓋。「貴公司在市場有一定的名聲，我相信一定會成功的喔，社長。」

「這個你、這不是廢話嗎？」

雖然態度表現得很高傲，但那是因為由這個人講出這句話很奇怪，所以他才感到不可思議。真藤彷彿被責罵了一樣，戰戰兢兢地打量著對方的表情。

伊丹百貨公司董事長，伊丹清吾。他是號稱業界霸主的，老字號百貨公司負責人兼董事長，也被認定是很任性的專制君主。他率領的伊丹百貨管理著旗下各種企業，形成一個大集團，伊丹的地位等同是總帥。伊丹百貨公司對東京第一銀行而言，是貸款額度超過一千億日圓的優良顧客。必須慎重對待這位陰晴不定的領導人，簡直就是小心翼翼、處處順著他。

「這次的分店要蓋在赤坂車站附近新開發的土地上，會成為招攬飯店、高級公寓、劇場等複合設施的中心，是會超過三千億圓的一大開發項目哦，真藤老弟。它也會成為首都東京最新的核心所在吧！等它順利完工的當下，人事物的走向也會跟著改變吧。我已經開始期待了。」

伊丹說話的樣子，彷彿一個正在講述夢想的少年，神采奕奕。

「不愧是伊丹社長，請務必讓本行協助這項開發項目。」

「當然，我就是這麼打算的。這次開發案的條件是要湊到一千億圓的周轉金，當然必須藉助主要往來銀行你們的力量。不過我們也不是那麼有餘裕，所以利息的部分還請你們手下留情啊。」

真藤的臉皺了一下，幾乎要叫出「唔哇！」似的。

「這個啊這個啊，您真是先發制人啊！不過我們會依據各項規定，盡量給您方便的，這部分還請您見諒。話雖如此，不知您是否已經決定要請哪些銀行幫忙協助了？」

這部分才是關鍵，真藤小心翼翼地詢問。

「哦喔，開發項目的大概差不多都決定好了，但資金籌備方面，老實說包括你們有太多提案了，我很難抉擇。」

一個不小心，可能整碗都被其他銀行端走。內心湧出危機感的真藤，眼裡閃過一絲精明的目光。

「社長您說什麼呢，這種事根本不需要猶豫啊。我可以跟您保證，不管其他銀行提出什麼條件，我們家給您的優惠一定是最好的。雖然我們東京第一銀行現在確實有些不良債權之類的問題，但那些預計在今年底就會告一段落了。真金是不怕火煉的，社長，請您放心，將貸款的委託交付給我們吧。」

「哦，這些話還真是一劑強心針啊！我回去就馬上命令負責人處理吧。但老實說，我原先沒期待真藤老弟你會表現得這麼積極，本來是想說，請你們提供現在銀行有辦法提供的額度就好了。」

「謝謝您，我們會竭盡所能的。」

伊丹向再度深深一鞠躬的真藤揮揮手，開口答道：「我們家的清一郎也受你們照顧了，這下真的是越來越感謝東京第一銀行了。」他豪邁地笑道。

在一樓大門玄關目送那位伊丹離去後，真藤回到董事辦公室，正好直屬下屬兒玉直樹也來了，正在等他。

「是有關於紀本的事。」

真藤發出「嘖」的一聲。

「一點用都沒有的傢伙，對那種花心的女人出手，最後還被黑社會的人算計。這樣就算了，竟然還想找人來銀行詐騙現金！」

他的心裡充滿怨氣。

「但是考慮到紀本的業績，也有意見表示要不要提出請願書來減輕他的刑責。」

真藤露出明顯感到厭惡的表情，他開口罵道：「真是個笨蛋，竟然把自己搞到刑事案件了。」他接著說：「如果事情處理得當的話，明明我們銀行自己內部解決就好了，都是那個——」

「事務部分行指導組嗎？」

「對，都是他們害的，鬧得都下不了臺。可恨的一群人！」

「辛島事務部長怎麼說？」

真藤聽了更加生氣，臉都漲紅了。

「說什麼是做那件事的人不對，真敢說。」

兒玉深深嘆了一口氣。不過這句話說得也有道理，只能說這次是他們運氣不好。

「早晚我會讓他們遭到報應的，不過是區區的分行指導組，對吧兒玉？」

兒玉畢恭畢敬地說：「關於那個分行指導組，說不定會因為紀本這件事有些得意忘形，我們必須找機會給他們一點警告。」

「樹大招風，是吧？他們在那之後有什麼動靜？」

不曉得是不是覺得會談到這部分的關係，兒玉將早就在事務部探查到的消息帶來了。

「今天開始會去新宿分行指導三天。」

「新宿嗎？臉皮還真厚啊。」

真藤的臉漲得更紅了。之所以會這樣，是因為新宿分行是真藤剛成為銀行員時，第一個被調往的分行。所以他會不爽，絕對是因為覺得他們就像在自己的地盤搜查什麼。

「新宿，有誰在那邊？」

「德山先生是那邊的分行經理。」

真藤的臉上總算浮現滿意的表情。

「德山啊，很好，你先跟他說一聲，叫他好好關照他們一下。對了——」像是突然想起什麼似的，真藤的表情又回到一臉嚴肅。「我剛才見了伊丹社長，他的兒子現在是在我們家吧？被派到哪間分行去了？」

對方並沒有馬上回答。

但是他並不是因為不知道才沒有馬上回答的，這點從兒玉一臉困擾的樣子就能一目了然。

「怎麼了？」

「呃，其實，伊丹社長的兒子被分到的分行就是——新宿分行。」

2

「哇！真是太謝謝您了！」

中島英里子突然提高音量，惹得花咲舞往她那裡看去。只見英里子滿面笑容，一名頭上有些白髮的紳士正站在她的櫃檯前。男人看起來超過五十歲，身材苗條，滿臉笑容，一點都不輸英里子。

「哪裡，平常都在麻煩妳們。」

男人親切地說道。

「真的可以收下嗎？」

「可以可以，不用客氣，大家一起分享吧。」

「每次都這樣，真的很謝謝您。」

英里子站起身，隔著櫃檯收下對方遞上的點心盒，再對男人敬了個禮。箱子是用知名點心店的包裝紙包的。穿著套裝的男人，看起來就像是在享受英里子開心的樣子。

「那位客人很常來嗎？」

舞打量著那邊的情況，問向身旁的安川真美。安川是二十三歲的年輕人，和中島一樣是新宿分行營業課的櫃員。雖說是年輕人，但也入行三年了，對銀行而言已經是主力人員，不容許出任何差錯。另一方面，英里子則是大真美兩年的前輩，在隨時代不斷進步的銀行中，屬於優秀的資深行員。新宿分行最近一直出現營業過失，正因為這裡是主要分行之一，所以事務部次長芝崎太一很看重這件事。在他的命令下，舞他們到此做三天的分行指導。

「他是一間叫幸田產業的服務業公司的社長喔。」

忙到臉都紅透的真美低聲說道。「他常常帶吃的來給我們啊，這個是非常好吃的餅乾喔。」

二月都已經過了二十天，營業廳還是充滿了顧客。在令人無法鬆懈的緊張感中，這樣和諧的談話也只維持了那麼一瞬間。

「那這個就麻煩妳了。」

幸田從黑色皮包中拿出裝著存摺和票據的塑膠袋，交給英里子。

「我現在要去融資課，等一下就回來，大概二十分鐘吧。」

「好，那您要走的時候再過來，我先幫您處理。」

像這種作業叫做「寄放」，最近由於作業效率化的觀點，有些銀行都取消這種做法了，但是幸田好像屬於比較特殊的顧客。要是常來往的客人跟不常來往的客人待遇都一樣的話，要說公平也不太公平，所以這樣也沒什麼不好，但是——

「要是我們家的客人都像那位客人一樣就好了。」

真美嘆了口氣。

東京第一銀行掌管的三百多間分行中，新宿分行是顧客數最多的前三名，非常忙碌的一間分行。而且新宿這個區域，第一次來的客人也很多，在招呼上必須要很小心。如果是熟客的話，不小心犯了什麼錯還比較好講話，但換作是一點交情也沒有的新客人，疏失往往都會引起糾紛。所以對臨櫃的行員而言，工作就是持續不斷的緊張感。

不只如此，新宿分行的工作量不是普通的多，之所以會出現業務過失，也是因為工作量實在太大了。因為有人突然離職，所以行員人數比原先設定的人數少了兩人。明明客人量比其他分行多上許多，但臨櫃組除了中島英里子跟安川真美以外，都是緊急調度來的兼職行員。

就算把優秀的行員都配置到重點位置，只要是人就一定會犯錯。這些加在一起後就出現「新宿分行發生什麼事了？」，再演變成舞他們事務部來分行指導的這個劇本。

但是，問題並不是出在行員的作業能力低下，可憐的是真美他們那群櫃員。話說回來，問題明明出在分行的人事政策，但因為業務疏失增加，人事評價上也被打了叉叉。「我覺得會有業務疏失並不是您們分行行員的問題。」早上在跟分行經理打招呼時，相馬健說的那句話舞也十分贊同。

幸田要去的融資課在二樓。

剛才幸田說大概二十分鐘就會回來，但過了那個時間，卻遲遲沒有看到幸田的身影。

英里子的櫃檯裡，一直擺著要還給幸田的存摺跟票據。

之後又過了大約兩小時，大門的鐵捲門都要放下的時候，英里子也一臉納悶地看向通往二樓的樓梯。原先在此的眾多客人幾乎都辦完事情了，經辦人員也開始收拾被遺留在沙發上的雜誌。

「安川小姐，妳有看到幸田社長嗎？他應該沒忘記來拿這個就走了吧？」

被英里子這麼一問，真美也只是歪了歪頭。

就在這時，幸田的身影出現在樓梯。

「啊啊！他來了！」

英里子起身，正要叫住幸田時，臉上卻浮現驚訝的表情。因為幸田的表情完全變了。兩個小時前，幸田還帶著笑臉來到櫃檯，現在卻換上一張嚴肅的神情。

幸田走下樓梯，就這樣忘記他寄放在櫃檯的東西，直接往後門走去了。

「幸田先生——！」

雖然英里子開口叫了他的名字，但他好像沒聽見似的，心不在焉。

「他走了，怎麼辦啊？」

「我去追他。」

舞說道。「妳趕快對一下現金然後關閉櫃檯。」

「麻煩妳了，花咲小姐。」

舞追在幸田的後頭，走出大門。

「幸田先生！您忘了拿這個！」

舞追上剛走進新宿喧鬧人潮中的幸田，開口說道。幸田才突然抬起頭，露出苦笑。「對吼！我在幹麼啊？」

「請問，您身體有哪裡不太舒服嗎？」

幸田一臉慘白。因為不能在新宿擁擠的人潮中拿出現金，所以他們一起回到分行，重新將處理好的存摺等文件交給幸田時，舞開口問道。他們是在營業課的接待區。

「沒有，只是發生了一點小麻煩。是說，我沒看過妳耶。」

舞向他自我介紹後，幸田遞出了一張名片。

「老實說有點難以啟齒，就是，我剛才被說要想貸款的話很難，所以才這樣的。真的是，講不過負責的伊丹先生啊。」

伊丹應該是貸款中請負責人的姓氏吧。

「原來是這樣啊。」

因為不知道該如何回應比較好，所以舞只能這樣含糊帶過。畢竟舞的專業不是融資相關，也不適合多說什麼。但在看到幸田受到打擊而失落的樣子，又覺得不能保持沉默。

「那真是不好辦耶，您本來是想貸款多少錢呢？」

「五千萬，不，其實也還沒決定，可是我真的很難接受，好不容易——」

幸田話說到一半，又突然打住。「算了，跟妳講這些也沒用吧。」說完便站起身。

「希望您能順利貸款。」

舞低聲說道，幸田朝她露出幾乎要消失的笑容後，舉起一隻手說道：「那先這樣。」她目送他從後門離去。他的背影很快消失在新宿的人潮中。

「花咲小姐，剛才不好意思麻煩妳了。社長的臉色看起來不太好，發生什麼事了嗎？」

回到營業課後，英里子向她問道。

「這個嘛，好像是因為貸款的申請不是很順利。」

「貸款？」

英里子的手放在幸田給的點心盒子上，一臉困擾。如果牽扯到貸款融資，就算只是點心，她也不好判斷能不能拆開來。因為銀行這種地方最不喜歡欠對方人情，要是不小心收下業績不好公司送的禮，之後就會很難拒絕貸款給他們。

「課長，怎麼辦啊？」

英里子向身邊的營業課長伏見崇尋求指示。

「唔，這個嘛……」

伏見是今年快要五十歲的資深課長，似乎出身於工商業中心的樣子，說話方式很平易近人。與其說銀行員，他看起來倒比較像是工匠職人。「不過他平常也都會這樣，裝作不知道吃掉就好了吧。而且都是老客戶了，大家都知道幸田先生時不時就會拿點心過來啊。」

豎起拇指。再說到分行經理，今天早上，他們來打招呼時才跟德山經理碰過面，說到底就是因為業務上有問題才會來分行指導的，或許是因此讓做為現場負責人的德山覺得自己的管理方式受到批評，所以對相馬的態度也很冷淡。舞對他的印象不太好。

「不過，以防萬一還是跟負責人講一下吧，剛才有拒絕就好了。是哪位啊？負責幸田先生的人？」

「我聽他說是一位叫伊丹的人。」

舞想起幸田的話，開口說道。只見伏見的臉馬上變得不太開心。

「是他啊？那就算了，直接吃掉吧。」

「怎麼回事？」

沒想到對方會這麼說，舞驚訝地問道。「說曹操曹操就到。」聽到真美這麼說了之後，舞往真美的目光看去。

一名男人剛好從二樓走下來。

那是一個身材高眺的男人。他快步走來，全身散發著大企業貸款負責人獨有的緊張氛圍。看來這個男人就是幸田產業的融資負責人伊丹。他還只是個二十幾歲的年輕人，卻像是在銀行工作幾年了。

伊丹直接走進臨櫃組的辦公區，隨手將傳票扔在桌上。

「這個，處理一下啊。」

時間已經超過四點了，負責處理現金、存款，以及票據的營業課的工作幾乎都整理得差不多了。這個時間點大家差不多都在收尾，準備結束一天的作業。他很明顯違反規定了。

「拜託囉。」

他完全不管舞等人的反應，逕自轉身。

「喂、給我等一下。」

即便舞發出聲音叫住他，對方也沒有要停下的意思。「喂！」

舞拿起傳票站起身。

「我叫你等一下，你是聽不到嗎？」

「啥？」

伊丹總算停下腳步，皺起眉頭。「幹麼啊？」

「什麼幹麼啊！」

兩人面對面後，舞其實是仰望著對方的。即便她沒有這樣，伊丹給人的感覺也像是在俯視眾人的樣子，態度十分高傲。

「今天的業務作業已經都結束了，你現在才拿傳票過來會讓我們很難辦的。」

然而伊丹一點也不為所動。

「所以咧？」

「我的意思是，我們沒辦法處理這個，你今天可以先自己處理，明天再拿來營業課嗎？」

看著遞到自己面前的票據，伊丹從鼻子發出「哼」的一聲冷笑。

「我都忘了今天有分行指導的人要來了，花咲小姐是吧？妳還滿可愛的嘛，我會記得妳的。」

伊丹念出舞胸前名牌上的字。「不過啊，我是不想說得這麼難聽啦，但花咲小姐，妳剛才說的那些話，會害我們銀行的人都沒辦法工作喔。」

最討厭這種裝熟的男生了。

「融資部很忙的又不是只有新宿分行，如果要處理你帶來的這張傳票，本來算好的帳都必須重新再算一次。你知道這代表什麼意思吧？請你把這張傳票帶回去，用過夜處理吧。」

簡單說來，舞堅持要他把那張傳票當作未處理的重要文件放進保險箱，也就是暫收款。

「是，您說的是。」

伊丹不耐煩地回應，轉向真美，得意洋洋地說：「真受不了這種囉哩囉嗦的人，那就拜託妳啦，安川小姐。」

「欸你這人，我剛才不就說了——給我等一下。」

伊丹不加理會舞的阻攔，逕自離開了。

「那個人是怎樣啊！」

「不好意思啊，花咲小姐，那個人比較特別一點。」

「比較特別是什麼意思？」

舞發問後，英里子一臉不高興地抱起手臂，開口回答：

「那個人姓伊丹，也就是伊丹百貨公司的少爺。」

「就算是這樣，也不能他想怎樣就怎樣吧？」

「我們也有跟他說過幾次啦。」

伏見一臉不高興地說。「上面就對他很寬容啊，畢竟他是之後會回到伊丹百貨公司的人，可以把他想成只是借放在我們這裡一下而已。」

舞嘆了一口氣，就在這時，好像終於開完會的相馬也一臉疲憊地回來了。在跟不太配合分行指導的管理階層交換管理分行的意見時，想必非常傷神。

「哦，我好像有聽說這裡有個VIP，就是他嗎？」

聽完事情前因後果的相馬從手中的資料抽出分行名冊。「呿，什麼嘛，不就最低階的嗎？倒是很囂張啊？」

所謂的最低階，也就是職等最低的人員。新宿分行的融資課裡有三課，伊丹是負責中小企業客戶那課裡面職等最低的行員。

「不能請課長好好管一下他嗎？」

舞的提議讓伏見面有難色。

「呃，就算妳這麼說我也沒辦法，我已經跟他們說過好幾次了，但他們都沒有要聽。」

「那我去說說看。」

「欸、等一下、狂咲——不是，花咲，拜託妳不要一個人去啦！」

大概是擔心之後又會有什麼麻煩，相馬慌忙地追著走向二樓融資課的舞。

3

「所以？妳有什麼事嗎？」

新宿分行第三課課長羽田雅則將原本靠著椅背的身體往前傾，雙手放在頭後。

「我的意思是，不要在營業課的業務作業都已經完成後才把票據拿過來，請你們好好遵守銀行裡的這個規定。要處理這張票據需要花多少時間，課長您應該很清楚吧？」

「才不用花什麼時間咧。」

羽田拿起伊丹那張傳票，有些輕蔑地聳了個肩。「再說，現在明明就還是上班時間啊，我可以理解你們想要早點下班啦，但是我們都已經連續加班好幾天了，妳不覺得營業課只顧自己方便很不公平嗎？」

「不覺得。」

舞堅定地說道。身旁的相馬插進兩人的對話：「好了啦，好了啦。」

「總之，我把這個課題留給你們，請你們好好想想要怎麼制定行內遞送票據的規則。」

「哎呀呀，每次被刁難的都是我們融資課，明明就已經忙到快死了，不過就是一張票據而已，還要這樣挑毛病，最後還要給我們派作業啊？」

羽田有些自暴自棄地抱怨。雖然他剛才對舞他們說了一些生氣的話，卻只是一臉為難地看向伊丹，然後接著說：「妳要說的就這些吧？我要繼續忙了。」然後又開始看起手上的文件，然而舞的話還沒說完。

「還有啊？」

「還有一件事。幸田產業帶了點心來，要怎麼處理比較好呢？因為他這次來好像跟融資有些關係，所以我想還是問一下您們比較好。」

羽田咂了一下嘴，呼喊坐在專員中最前排的伊丹。「伊丹！」

對方沒有回答。他緩慢地站起身，動作慢到讓人以為他沒聽到自己被叫。雖然看起來沒有在聽他們說話，但其實背對著他們都聽進去了的樣子。因為他開口第一句話就是：

「那種東西請拿去丟吧。」

「你說丟掉？」

舞死死盯著一臉無所謂地說出這句話的伊丹。

「這樣很奇怪吧，伊丹先生。收下來的東西至少要好好退還給對方才對吧，你怎麼會覺得要丟掉？」

「誰叫那間公司規模就那樣，也沒辦法吧？就是因為營業課這麼慣著他們，才會讓這些公司變本加厲不是嗎？」

「你說慣著他們？」

露出和藹可親的笑容的幸田，以及剛才因受到打擊而面目憔悴的幸田——舞感受到這兩個無法被切割的極端姿態，反駁說道：「話不是這樣說的吧。」

「事務部的分行指導現在是連信用評分都要管啦？」

「不不不，沒這回事。」相馬慌張地否認。

「那就是連客人送點心的事都要推到我們身上囉，真受不了耶，對不對啊課長？」

被伊丹要求附和的羽田露出不太高興的樣子。

「夠了，你們都是當銀行員的，自己去思考要怎麼做比較好。」

但舞對這個結果還是怒火難消。

「因為不清楚你們對幸田產業的貸款是怎樣，不好判斷能不能收下，所以才來問你們的。真要說起來，如果有一定得拒絕收禮的對象，請事先讓營業課知道，真是欠缺溝通能力。」

「說什麼傻話，客人給什麼就感激不盡地收下，這種態度才有問題吧？」

伊丹冷笑了一下。「總之妳只要知道幸田產業要申請貸款很難這樣就好了，請以這種立場去應對客人。」

他的說法好像自己就是融資課長一樣，但不曉得是不是顧慮到伊丹的關係，羽田選擇保持沉默。

「我聽說他是從以前就一直有往來的顧客耶？」

「那又怎麼樣？」

伊丹一臉挑釁，俯視著舞，說道：「這跟是以前的客戶還是現在的客戶有什麼關係？信用額度是要用業績好壞來判斷的，事務部的分行指導到現在都還要看社長的臉色來決定給不給貸款嗎？」

一離開融資課，舞忍不住罵道。

「什麼東西啊那個男的，氣死我了！」

「只看外表我還覺得是妳會喜歡的那種帥哥說。」

「哪裡是我會喜歡的啦？」

舞瞪了相馬一下，生氣地走下樓梯，往營業課的方向過去。

「真的很不好意思，難得您這麼好意送過來給我們，結果還是得退回給您。」

營業課長伏見和舞一起前往幸田辦公室，是在那天晚上發生的事。

幸田深深地嘆了口氣。

「您都這麼說了，我也只能笑笑了。」

「非常抱歉，都是我思慮不周，才會有這些多餘的事。說起來我們本來就應該避免在其他客人面前收禮的。」

對於伏見的道歉，幸田開口說道：「沒事的。」

幸田的公司位在從分行徒步約十五分鐘的一間大樓的一樓跟二樓。二樓是辦公室，一樓是倉庫。舞等人來的時候，倉庫裡正在將女裝從紙箱中拿出，做分類清點的工作。

「不過這次可真的難辦了。」

幸田一臉虛弱地說：「因為後天就是結算日了。」

「後天？」

跟他們一起去的相馬忍不住探出身子。「這樣不就沒什麼時間了，你有跟融資課說嗎？」

「他說以我們家現在的業績不可能通過的。」

「是說，難道，貴公司是赤字嗎？」

相馬小心翼翼地詢問。幸田搖了搖頭。

「不，雖然我們賺得不多，但的確是有盈餘的，只是我們公司現在幾乎沒有什麼稱得上是擔保的東西可以抵押。今年景氣有比較好，所以業績也有提升。但是採購上要付的貸款也變多了，所以我們很需要那筆資金。可是伊丹先生說我們沒有擔保，我想申請的融資額度遠超出能貸的數字。我一直跟他拜託，但還是被拒絕了。」

舞彷彿看到伊丹是用什麼態度跟幸田說話的。幸田竟然纏了那個伊丹兩個小時，為了守住這間公司，幸田一定非常拚命吧。結果，他卻沒辦法讓伊丹重新考慮，這點從他後來失魂落魄的樣子就可以推測出來。

「沒有那筆資金的話會怎麼樣？」

「支票跳票的話大概就會倒閉吧，貿易對象也可能會同時拒絕跟我們往來吧。」

「怎麼這樣——」

舞倒吸一口氣，接著說道：「這件事情伊丹知道嗎？他是明知道卻還是不願意讓你貸款嗎？」

「對，他當然知道。伊丹先生說，就算我們因此倒閉他也沒辦法。」

「明明是有盈餘的？」

相馬瞪大雙眼。「你們沒有作假帳吧？」

「相馬稽核！」舞責備他。

「當然沒有，所以我才無法接受。如果我們是因為赤字走投無路的話，不能申請貸款也是沒辦法的事，但我們明明不是！接下來將會是我們業績更往上提升的轉折點，但不要說扯後腿了，根本就是看我們死也沒差，雖然跟你們東京第一銀行的人說這些有點那個，但你們真的太冷血了。」

真的。舞也再次對幸田的話深表贊同。

4

「的確沒有賺很多，但是業績也沒有壞到需要跳過他們的融資申請才對。」

回到分行後，櫃員英里子與真美正擔心地等待著。

「去喝一杯吧。」她們和情緒找不到出口的舞一起前往新宿的街上。被迫當成『錢包』一同前往的相馬雖然一臉為難，但從剛才開始，他也一直在看幸田產業的草擬會簽文件，因為這是由伏見課長負責的，所以他才能拿到。

「總覺得這上面寫的東西讓人不太舒服耶，簡直就像是故意在挑幸田產業的毛病一樣。」

「什麼意思？」

英里子探出身子查看那份會簽。

「妳看，寫什麼是弱勢企業缺乏未來性，還有以薄利多銷競爭激烈、看不到未來三年的樣子，上面寫的全是這些東西，可是中小企業本來就是這樣啊。」

「怎麼會？伊丹先生是幸田產業的融資負責人吧？這樣不就是故意要毀了幸田先生的申請書嗎？」

「不只如此，妳再看一下會簽上面的日期。」

聽相馬這麼一說，三人都看了那份會簽文件。

上面記載的竟然是昨天的日期。

「我剛才聽幸田先生說，他早在一個月以前就提出貸款申請了，但這段期間，伊丹那傢伙竟然都沒寫會簽文件，就這樣放著不管，妳們知道這會有什麼影響嗎？」

舞想起相馬過去曾是非常厲害的融資人員，眼前這個一臉嚴肅的相馬，和舞平常所知道的那個吊兒郎當的銀行員不一樣，雖然就只有那麼一瞬間，卻看得出來他是一名會令人感到緊張的一流銀行員。

「銀行有一條不成文的規定，就是要及早處理會拒絕的融資申請。就算在我們家這邊沒辦法通過，但說不定其他銀行願意貸款給他們，反正都要拒絕就早點拒絕，這樣的話對方至少有充分的時間去其他銀行申請貸款。可是伊丹卻沒有這麼做，這明顯違反了道義。」

「太過分了。」

伊丹目中無人的態度，完全沒有對自己不恰當的行為有任何反省的樣子。

「對方是中小企業，要怎麼批評多的是理由。但是，一名融資人員應該要想辦法掩飾顧客的公司或企業裡扣分的要素，找出加分的地方讓融資申請通過才對。結果這傢伙咧，拚命地對人家吹毛求疵，弄個『不予核貸』的結論出來，還不知道為什麼要拖一個月。」

「說到底，伊丹先生根本就沒有身為融資人員的自覺。」

英里子也跟著推波助瀾。「誰叫他是含著金湯匙出生，又是一流大學畢業的，根本就不會懂平民百姓的心情啦。」

「這傢伙不管對哪間公司都是這個樣子嗎？如果是這樣的話，還真是令人傻眼的傢伙耶。」

相馬說完這句話後，真美像是想起什麼似地說道：「我突然想到一件事。」

「怎麼了嗎？」

「我在想，伊丹先生該不會一直在記恨幸田先生吧？」

「記恨？」

舞挑了一下眉毛，對真美的話感到訝異。「這又是怎麼一回事？」

「那是伊丹先生剛進銀行，還在營業課時發生的事情，有次幸田先生對他發了好大的脾氣。」

「這倒有趣了，為什麼啊？」

相馬興致勃勃地問道。真美繼續說道：

「還不是伊丹先生出包才會這樣。幸田先生拜託他轉帳公司採購要用的錢，結果他把金額搞錯了，給幸田先生的客戶添了麻煩。」

那個時候——

對於幸田在櫃檯指出他弄錯金額的時候，伊丹只是把表單拿出來。

「請填寫這個，這樣才能取消轉帳交易。」

取消轉帳交易就是把已經匯出去的錢退回來。這個動作會需要很多書面資料，但只限用在顧客因為自己的原因取消交易。如果是銀行自己出差錯，一般會採用訂正處理。

「然後幸田先生就生氣了，就說『你難道不用道歉嗎？比起填這些文件，你應該先跟我道歉吧？』」

「然後咧，伊丹有道歉嗎？」相馬問。

「我那時候就坐在隔壁的櫃檯，他就冷笑了一下，說不過就是五十萬而已嘛，話一說完幸田先生就暴怒了，罵他開什麼玩笑——」

「這樣就要記恨？應該要記恨的人是幸田先生才對吧！」舞也跟著生氣了。

「因為伊丹先生自尊心很強，畢竟他可是富二代。」

英里子也毫不留情地說。「結果伊丹先生調到融資課後卻變成幸田產業的負責人了，我猜他說不定就在想：看我怎麼報之前的仇！」

「這事情可嚴重了啊，相馬稽核。」

相馬面有難色地看著說出這句話的舞，他抱起手臂，陷入沉思。「稽核！」

「等一下啦花咲，我們的工作是來營業課指導業務的，不好插手融資部的事情啊。」

「現在是說這個的時候嗎？再這樣下去，幸田先生的公司真的會倒閉啦。」

「好啦，總之我明天先在朝會上提看看吧。」

看著憤怒難平的舞，相馬給的是一個不明確的回應。

5

「怎麼樣？」

隔天早上，跟副理開完會回來的相馬一臉悶悶不樂，預料之中。

「嗯，總之我就跟他說看看了，結果還是不行啊。」

相馬將手中抱著的文件「砰」的一聲放在桌上，兩手扠著腰說道：「我一說到記恨，他就回我沒有證據了。」

「怎麼會沒有證據！那份會簽不就是證據了嗎！」

雖然舞一整個火冒三丈，但相馬卻回她：「這個妳是要我怎麼說啦？」

「分行指導組的人怎麼會知道會簽的內容，要是說了，不就會給偷偷把資料影印給我的伏見課長添麻煩。」

「怎麼這樣——！」

無法接受。但有這種想法的不是只有舞，櫃員英里子和真美也都無法釋懷，不高興地鼓起腮幫子。

「明天就是結算日了，這種時候哪管得上那些有的沒的，稽核如果只能這樣的話，我自己去說。」

相馬慌張地抓住邁出步伐的舞的手腕。

「欸、等一下啦！妳去的話事情會變得更麻煩的啦，不要這樣，如果幸田產業公司真的倒閉的話，新宿分行應該也會有麻煩的。這不是我們可以說三道四的問題，我們可是分行指導組耶，花咲，我們有自己的本分在，妳安分一點。妳要是亂來，連次長都會被妳惹上麻煩的。這件事就交給分行他們自己處理吧。」

相馬對咬著脣瓣的舞說道。

「這是這間分行自己的問題，我明白妳的心情，但這不是我們可以插嘴的事。」

「難道我們要這樣對幸田先生見死不救嗎？」

「不是那樣的。」

相馬面有難色地否認並接著說：「不是那樣的，花咲。而是妳要相信分行自己的判斷。聽好了，銀行的融資是有會簽制度的，妳知道這代表什麼意思嗎？就算某個人的判斷出錯了，其他人也會修正那個錯誤，然後再得出應有的結果，這才是會簽制度的本質。所以如果伊丹的判斷有問題，課長、副理，或是分行經理，一定會有誰來訂正這個錯誤的。」

「但那些人不就覺得伊丹是VIP嗎？只因為他是伊丹百貨公司的少爺，也不管他這人好不好，就只知道奉承他的那群人，真的有辦法讓結果導向正確的方向嗎？相馬稽核你真的相信這種事會發生嗎？」

相馬被問得啞口無言，他緊咬著顫抖的脣瓣，幾乎都要出血了。相馬自己也很不甘心，他一直在忍耐這種激烈的憤怒。而這份心情也傳達給舞了。

失去言語的舞看著人來人往的營業廳。明天以前，如果伊丹還不修正他的會簽文件，幸田的公司就會倒閉。

難道不能做些什麼嗎？但她怎麼想都沒有答案。因為就像相馬所說的，一切都得仰賴分行自己的決定，這就是銀行這個組織的，可以說類似規則的東西。

6

「幸田產業公司的存款餘額還不足四千七百萬。」

英里子緊張地向舞報告。時鐘的指針剛好指著兩點五十分，銀行就快要關門了，但幸田的資金還是沒籌到。

「我剛才打電話給幸田社長了，但是他不在公司。」

「融資課的會簽怎麼樣了？」

舞開口問。

「伊丹先生也外出了，我有留言請他跟我們聯絡了。」

「那傢伙一定會裝作不知道的。」

在隔壁櫃檯聽著她們說話的真美斬釘截鐵地說，手上還在忙碌地作業。「不曉得他的神經到底是多大條。」

舞忍不住用內線電話打給羽田課長。

「幸田產業公司的貸款申請如何了？」

但對方的回答卻出乎意料。

「幸田產業？我又還沒看到會簽文件。」可以感受到電話另一頭的營業課正忙得殺氣騰騰的，因為羽田的語氣十分不友善。

「早上就已經存款餘額不足了，這樣下去跳票的支票就得退票，還是您覺得跳票也沒關係嗎？」

「妳說什麼？」

羽田瞬間不曉得該說些什麼，接著才壓低音量問道：「今天是結算日嗎？」

「您不知道嗎？」

令人訝異。羽田竟然不曉得今天是幸田公司的結算日，因為伊丹沒有向他報告。

「妳聯絡伊丹了嗎？」

羽田開口問道。

「當然沒有啊！為什麼身為融資課長的你會不知道！」

電話另一頭無話可說，接著又傳來一句「我等一下打給妳」，然後就直接掛斷了。

銀行的融資申請是需要經過會簽制度審核的。

但如果會簽文件沒有往上呈交的話，就等於失去會簽制度的功能了。

「打打看伊丹的手機。」

英里子在舞的指示下撥打電話。「沒有接，訊息說是在開車。」

「那個白痴！」

口無遮攔了。她又打了一次電話給融資課，但是正在會客的羽田沒辦法接電話。在這段期間，時鐘的指針已經來到下午三點了。沒有後路了，幸田產業現在就站在懸崖邊。

「打給幸田先生了嗎？」

「那個，他從早上就一直在電話中——」

英里子話說到一半，就聽到兼職行員說「幸田先生打來了。」舞彈也似地回過頭去。

一拿起電話，幸田急迫的聲音便傳入耳內。

「你們可以等我到幾點？」

電話那頭傳來陣陣車聲，他人在外頭。

「四點半左右的話應該還有辦法。」

舞看著牆上的時鐘說道。「您現在在哪裡？」

新橋。這兩個字才剛說完，電話就掛了。

舞一臉茫然地握著話筒。英里子和真美，還有伏見則一直看著這樣的舞。舞對看著自己的伏見說道：

「總之，可以先等到四點半嗎？」

但是——

真的沒有問題嗎？

不足的結算資金有將近五千萬，他要去哪裡湊到那麼大一筆錢？而且還沒有擔保品。

舞抬頭看向掛在牆壁上的時鐘。三點零七分，還有一個小時又二十三分鐘，只要過了那個時間，沒辦法兌現的支票就會以跳票來處理。

或許是對經常拿點心給他們的幸田的危機比較敏感，整個營業課都被一股沉重的氣氛包圍著。大家都變得沉默，一個勁兒地動手做事。不悅的空檔，鍵盤的敲打聲，還有伏見下令核對數字的聲音重疊在一起。窗戶緊閉著，隨著當天的票據以驚人的速度整理著，時間也一分一秒地過去了。令人緊張的時間流動著，不一會兒，一個小時就過去了。

約好的下午四點半近在眼前。

還是不行嗎⋯⋯

舞感受著心臟的跳動，抬頭望向長針已經走到「6」的壁鐘。就在這時，真美用幾乎要哭出來的聲音向大家報告：

「後門的服務臺打來了，說幸田產業的老闆來了。」

英里子比舞還要快起身，直往後門衝去。舞也跟在她的後頭過去。儘管現在是寒冬，卻見幸田在那裡擦著不斷滴下的汗水，上氣不接下氣。他炯炯有神的目光顯現出一名越過苦難的經營者的氣概。

「請、請用這些幫我結算，這裡有五千萬。」

幸田顫抖地打開黑色皮包，在後門服務臺本來放著接待筆記本的桌上，放上五疊一千萬圓的鈔票。

「這是哪來的錢？」舞問不出這個問題。

因為她不用問就可以猜到。

民間貸款。看幸田的臉就可以猜到他去跟非銀行機構貸款了，這樣幸田才能守護公司和員工的生活。他的神情透露出那份決心。

「我現在就處理，請您稍等一下。」

英里子抱著現金衝回營業廳。

「請您到接待室稍作等待，辛苦您了。」

伏見向他說話的同時，突然又有一個人的身影走進後門。

是伊丹。

他看見了幸田和舞他們，卻想直接就那樣走過去。

「你給我等一下。」

舞高聲喊道，然而伊丹卻完全不理會，逕自上樓。舞抓住伊丹的手腕，直接將他拖下來。

「幹什麼啦？」

已經踩上第三階、差點從樓梯上摔下的伊丹瞪著舞。「狂咲、住手！」相馬也衝了過來，但想要阻止已經來不及了。

「你把幸田先生的會簽文件怎麼了？」

伊丹瞄了一眼盯著自己看的幸田。

「看來妳還是聽不懂耶，所以我不是說了，不用期待這筆融資會過。」

「我是在問你有沒有把會簽文件交出去！在我們銀行，就算是不允核貸，也是要由分行經理決定的，這種事你不會不知道吧！」

「妳怎麼這麼不會變通，真要這麼做的話，我們都不用工作了——」

伊丹的臉頰發出「啪」的一聲，他的話戛然而止。

「你在開什麼玩笑！」

狂咲的怒火爆發就在那個瞬間。「你一個會簽就會讓一間公司倒閉，讓好幾個人失去工作耶！那些背著房貸，支撐著整個家庭生活的人，他們的幸福日子都會因此被奪走，你到底明不明白？就是有你這種搞不清楚狀況的銀行員，才會害大家對我們銀行產生誤會，你給我清醒一點！」

伊丹按住被打的臉頰，瞪大眼睛盯著舞。

「狂、狂咲，妳在做什麼啦！」

身旁的相馬抱住頭。就在這時，聽到騷動的融資課長羽田飛快地衝下樓來。

「糟了——！」

相馬的臉色鐵青。相比之下，伊丹則露出靠山終於來了那般得意的表情，撒嬌似地說道。

「課、課長，您聽我說啊，她——」

之後就沒有任何聲音了。

因為羽田的拳頭已經打在伊丹的臉上了。

「混帳東西！」這句話響徹整間分行。被他揮到牆壁上的伊丹說不出話，一臉不可置信地仰望著羽田。

羽田瞪了一下伊丹，接著馬上掉頭往幸田走去，再深深地一鞠躬。

「讓您見笑了，請您見諒。我為伊丹做的事向您道歉，真的、真的非常抱歉。關於貸款的部分，希望您還願意給我們機會，由本行來為您服務。這裡不方便說話，還請您移駕——」

目送羽田引領幸田至接待室的背影離去後，相馬戳了一下舞。

「妳看吧，我們銀行才沒有落魄到會被那種笨蛋少爺耍得團團轉的程度，真金不怕火煉。」

主任檢查官

1

被次長叫去的相馬一臉嚴肅地回來。

「金融廳好像要來抽檢。」

「什麼時候?」

舞抬起頭來。

「大概是下禮拜一吧,不過因為要裝作不知道,所以別太張揚。」

抽檢原則上是『出其不意』,然而早在抽檢一個月以前甚至更早,金融廳內部就會流出「差不多要來抽檢囉」的各種消息,這已經是幾乎每次都會發生的事了。好不容易聽說就是下週,一定是因為得到了更多消息。

抽檢的主要目的是確認貸款內容,簡而言之就是貸款對象究竟是安全的還是有風險的,還有貸款案子本身是否符合標準。

融資相關部門早在一個月以前,就會連日加班到深夜做準備工作,但內容卻不全是正經妥當的。

讓上面看到就糟了的文件會從會簽資料夾中抽出並隱藏，又或是改寫成其他內容，根據不同的場合重新擬定書面資料，這對每間銀行來說都是再自然不過的事情——真的這樣說就完了，但東京第一銀行也不例外。

「下禮拜要去指導的分行是武藏小杉啊。」

相馬看著貼在牆壁上的行程表，開口說道。禮拜二開始，預定要去武藏小杉分行做三天的分行指導。

「有需要延後嗎？」

「延後？喂、我們在說的是武藏小杉耶，不過就是川崎的一間小分行而已。」

「武藏小杉一點都不小，我叔叔就住在那裡。」

「妳的小叔叔嗎？」

被舞瞪了一眼之後，相馬立刻閉上嘴巴。

金融廳的抽檢會以幾間分行的實際調查開始。就算東京第一銀行有自己的情報網，也不會知道全國三百多間分行中的哪一間會被選中。但大概都會是規模比較大的分行或辦事處，比方說丸之內分行、大手町分行，或是新宿分行那種大銀行，而規模比較小的武藏小杉分行一開始就會被排除在外。「武藏小杉不會有事的」，所以相馬會這麼不把人家放在眼裡，要說理所當然也是很理所當然的，然而——

下個星期一，早上八點就到銀行上班的舞才剛抵達就接到了電話，並得知相馬的猜測完全落空了。

相馬到的時候已經超過八點半了。

「相馬稽核，事情變得有點麻煩了——」

相馬喝著大概是上班路上在地下室的自動販賣機買的罐裝咖啡，對表情嚴肅的舞投向好奇的目光。

「武藏小杉分行，金融廳已經去抽檢了！」

「什麼！」

相馬啞口無言。「怎麼會、會選武藏小杉分行……」

2

這天早上，南田博按照平常的時間離開位於高田馬場的單身公寓，在山手線澀谷站轉搭東急東橫線。

搭急行快車要十四分鐘才會抵達他的工作地點武藏小杉。雖然是早上七點的電車，但因為他跟那些要往市中心通勤的人反方向，所以車內沒有什麼人，搭起來很自在。他坐在剛好空著的位置，翻開經濟日報，這時南田的腦中完全沒有任何關於抽檢的事情。雖然有聽說差不多要開始抽檢了，但當下浮現在腦海中的只有「終於要結束了啊」。

因為每次要準備這種抽檢都非常累，就像這禮拜六、日也被下令要上班。他頂著疲倦的雙眼，掃視著報上的標題，想到這種連續加班的日子終於要結束了，就越覺得開心。

抽檢一開始，之後就沒有南田的事了。

電車抵達武藏小杉。南田一派輕鬆地將報紙捲起來插進手提包裡，走下樓梯，穿越馬路前往站前那塊地點極佳的武藏小杉分行。他繞到建築物後方的行員專用出入口，只見經辦人員高木作一戰戰兢兢地站在那扇鐵門前。

「早安，發生什麼事了嗎？」

南田開口問道。高木對他說了一句：「來了。」

突然這樣說根本聽不懂是什麼東西來了。高木加重語氣，對著一臉傻住的南田說：「抽檢啊！」

「金融廳來抽檢了啦！」

「怎麼會！」

他急忙衝進員工出入口，好像本來接觸不良的電線突然接上電那樣，衝上往二樓的樓梯。

有幾名陌生的男子，大約有十個人吧。

一名檢查官就站在南田他朝向融資櫃檯的座位上。是個看起來快四十歲，身材偏瘦的男人，身穿套裝搭配白色襯衫，要說是銀行員也挺像的。

「這個上鎖了，可以幫忙開一下嗎？」

銀行有著員工回家時都得將辦公桌上鎖，且必須把鑰匙帶回家的規定。但是大多數的行員都會擔心隔天忘記帶來，所以都把鑰匙藏在迴紋針盒那種比較隱密的地方。

南田也不例外。和他一樣是處理一般業務的兩名後輩現在就站在離他座位有段距離的地方，一臉擔憂地看著他。沒辦法，南田只能將迴紋針盒倒過來，拿出裡頭的鑰匙。

「竟然把鑰匙放在這種地方啊你。」

指責的語氣。

「對不起。」南田說。

他能感受到後輩對他投以儼如凍結了一般的視線，南田吞了口口水。我也沒辦法啊。

「請把辦公桌打開。」

他顫抖地將鑰匙插進去。裡面沒有什麼不該有的東西吧，像是存摺或是現金之類的，那些東西本來都不該放在抽屜裡保管的。但是要他打開抽屜的檢查官想找的並不是那些東西，而是放在中間和最下面那層抽屜中的文件。他將那些文件全部放在書桌上，一張一張拿起來看。

到底在找什麼？

緊張氣氛不斷加溫中，南田內心有著這個疑問。

「怎麼樣？」

背後傳來聲音，南田突然被用力推開，像是在叫他滾開一樣。不，說到底那個人根本不把南田看在眼裡。這個人是怎樣啊？南田回過頭，內心湧上了厭惡感。

那是一名目光陰險的矮小男人。他自己也動手從堆積在南田辦公桌上的文件抓了幾張，看了一下又放回去。「給我好好找。」接著再拋下這句話便離開了。

「還有電腦吧？」

看完文件的檢查官問向南田。「也請拿出來。」

「我放在手提包裡面。」

「那我開囉？」

私人物品檢查。雖然南田很憤恨不平，但還是保持了沉默，因為事前上頭已經有指示，金融廳來抽檢的時候，不要直接跟他們的檢查官起衝突。保持沉默聽從指示，之後的通通交給抽檢應對組處理。這就是東京第一銀行的做法。

就在這時，分行經理牧本敬一郎匆忙地衝到二樓來。

「請問你們的負責人是誰？」

他向身邊的檢查官問道。

「是我。」

說話的是剛才那名矮小的男人。

「我是主任檢查官青田。」
南田看見了，和他交換名片的牧本的表情明顯變得蒼白。
「接下來可以請您們交出融資相關文件嗎？」
雖然話說得好像很有禮貌，但態度卻是高高在上、仗勢欺人的樣子。
指示馬上下來，南田和其他行員也動起手將信用檔案等資料搬上來。
總行派抽檢應對小組來已經是四十分鐘後的事情了。看著那群男人衝上三樓會議室的背影，南田有種不好的預感。

3

「這是什麼意思？」
武藏小杉分行發生重大問題，在當天傍晚前就已經傳到事務部分行指導組了。
「不要那麼大聲啦──」
相馬壓低聲音。「聽說藏起來的資料被發現了。」
「藏起來的資料？」
舞無言以對，抬頭仰望著天花板。
把會發臭的東西蓋上蓋子，只在乎表面的形象，這是早已臭酸的銀行體制。就算扣掉自己是銀行員這點，也還是覺得很討厭。

「沒辦法呀，貸款的工作本來就不是什麼光鮮亮麗的事，所以才要試著找出那種東西啊，妳應該也知道上面會說什麼吧，難道被下業務改善命令（註2）也沒關係嗎？」

「不想要改善命令下來的話，一開始就不要這樣做啊。」

「妳根本就不懂融資是怎樣。」

曾是一名出色融資人員的相馬態度輕蔑地說道。

「是吼，稽核你自己不就從融資部門掉到現在這種地方了嗎？」

「妳說什麼啦！」

縱使相馬聽了覺得不高興，但現在跟舞爭執這些也沒什麼幫助。「現在不是講這個的時候，總之事情麻煩了。」

「所以呢？明天要怎麼做？我們還要去分行指導。」

「就是這個。」

說完這句話之後，相馬一臉接下來的話要是被其他人聽到就麻煩了的樣子，打量著周遭。「總之就是因為這件事，本來分行指導也要延後，但芝崎次長還是請我們去看一下。」

註2　「業務改善命令」是金融廳對銀行或證券公司的行政處分之一，受到處分的金融機關須提出業務改善計畫，並定期報告執行進度。若沒有在期限內完成業務改善，可實施最長六個月間的「業務停止命令」甚至「登錄取消」處分。

「為什麼？」

「因為啊——」

相馬更加壓低音量。「好像是有告密者去檢舉的。」

「告密？」

舞驚訝地瞪大眼睛。

「噓！妳小聲一點啦狂咲！」

相馬的聲音中帶了點生氣。「聽芝崎次長說，融資文件是在武藏小杉分行的倉庫裡被發現的，這點本身就很奇怪。」

「哪裡奇怪？」

「檢查官再怎麼樣也不太會跑到倉庫裡，還去翻放在紙箱裡面的文件，所以說是銀行裡的誰，事先把機密消息透露給金融廳的吧？仔細想想，武藏小杉分行這種小分行竟然入得了金融廳的眼，這在銀行界中本來就是顛覆常識的大事件，融資部門也認為武藏小杉分行裡有內部告發人去向金融廳打小報告。」

「那跟我們去分行指導有什麼關係？」

舞一臉好奇地發問。

「融資部門要應付被抽查就已經忙不過來了，所以希望我們去分行查核時，實地調查一下銀行內部的氣氛——簡單來說，就是要我們找出告密者是誰。」

「太白痴了。」

舞開口罵道。「你是說要我們去找出告密者？做這種事之前，應該先修正必須要隱瞞融資文件的這種做事方法吧！我才不要做這種事，討厭。」

「這是上面的命令，我也沒辦法啊，狂咲，妳別這麼生氣嘛。」

「我就是要生氣，怎麼可能不生氣！」

舞非常堅持地對相馬說：「還叫我們去找犯人，實在太沒水準了，一定要做的話就請吧，相馬稽核，請你自己一個人去。」

4

武藏小杉分行是中等規模的分行，有二十五名員工。

這間分行現在因內部告發，暴露了隱藏文件的作業，陷入重大醜聞，導致人心惶惶。

「他們看起來打擊很大耶，看來這份工作不太好做啊。」

「所以我一開始就說不想做了啊。」

就在舞鼓起腮幫子說話的同時，一道聲音傳來：「呦！這不是狂咲嗎？」是一名將近三十歲的瘦長男子。

「南田先生！」

南田博是舞之前還待在代代木分行時，一起工作的同仁。南田也看到了在舞身邊叉著兩隻手臂的相馬，開口問道：「哎呀呀，相馬股長也來啦，是來幫營業課加油的嗎？」

南田在相馬和舞調職前就已經先調職了，似乎不曉得兩人現在一起在事務部工作。話說回來，南田的調職地點正是武藏小杉分行。

「不是來加油，是來查核指導的。再說我也不是股長了，是稽核。」

「這兩個不是差不多嗎？」

南田說道。覺得現在時機正好的相馬把他拉到一樓營業廳附近的小房間。

「是說現在是什麼狀況啊？聽說是內部告發，在總行引起很大的騷動。跟我說一下吧。」

南田臉色黯淡下來。

「就算你這樣問我，我也實在是沒什麼好說的。」

「怎麼可能啊，你不是融資課裡第二大的，怎麼可能不知道？該不會犯人就是你吧？」

「才不是咧！」

南田揮了揮雙手否定。「本來就是我負責藏那些文件的紙箱，我還被罵怎麼不藏好一點，現在麻煩也不小好不好。」

他皺起眉頭。

「還有誰知道放紙箱的地方嗎？」

「為什麼是相馬稽核來問這種事？查核的工作應該是來指導業務作業的吧？」

南田面露懷疑地發問。「你以為我想啊，別鬧了。」相馬有些威嚇似地說。他在職位比自己低的人面前總是有些囂張。

「可是我被下封口令了。」

「好了啦你快講，我不會跟別人說是你跟我們說的啦。」

南田一臉不情願地開口說道。

「融資課的大家都知道紙箱被搬到地下倉庫，因為他們都有幫忙。其他課的應該也有人知道吧。」

「你有覺得誰比較可疑嗎？」

聽到他毫不隱瞞地詢問誰是犯人，舞不禁嘆了口氣。就在這時，「你們幾個真是讓人傷腦筋耶。」一道聲音傳來。

區隔小房間用的隔板高度大概到一般人的胸口，一名男人從隔板後探出身子，往裡頭看過來。那是以前在總行開會時，偶然遇到過的一個男人。臉跟名字她都知道，安城稽核，記得他應該是屬於融資部企劃組的。

安城慢慢地繞過隔板，擋在小房間的入口，目光如炬地看著他們。

「不過是事務部的分行指導，隨便這樣模仿我們，會讓我們很難做事耶。」

他擺出高傲的態度。「金融廳抽檢是由我們融資部門負責的，可以請你們不要把這裡弄得更亂嗎？」

「我們怎麼敢，弄亂什麼的。」

在總行菁英這類人面前，相馬完全抬不起頭。安城一臉輕視地看著這樣的相馬。

「分行指導組就應該拿出分行指導的樣子，乖乖去指導營業課的姊姊們就好了，懂不懂啊？」

安城慢條斯理地離開小房間。

「是怎樣啊，不知道在跩什麼。」

舞的表情突然嚴肅起來。「再說，要把文件藏起來還不都是因為融資部沒有把事情做好，現在才會發生這種事，你就直接嗆回去不就好了，真的很沒出息耶！」

「沒辦法啊，只看金融廳抽檢的話，那邊才握有絕對的權力呀。」

「那接下來要怎麼辦？」

相馬想了一下。「你們藏文件的倉庫在哪裡？」又向南田問道。

「你才剛被罵，還想要繼續喔？」

南田嘆了口氣，開口問道。相馬癟著嘴回道：「我也是在執行次長的命令啊，哪有那麼簡單說不做就不做。」

真是左右為難。分行指導有三天，感覺這次會是至今以來最難處理的一次，舞有所預感地跟在南田和相馬後面，走出小隔間。

5

那是位於分行地下室的一間陰暗的小房間。大概是在樓梯正下方的關係，有部分天花板是傾斜的。

只有一個電燈泡的狹小空間裡，塞了些布滿灰塵的紙箱。

「這一般來說很難會被發現吧。」

相馬開口說道，舞也有同感。要是沒有自己人去檢舉的話，絕對不可能發現的。

「我本來還很有自信不會被找到的說。」

南田有點不甘心地說道。

「你就藏一個紙箱嗎？」

「這裡是這樣啦。」

南田的話讓舞抬起頭來。

「你的意思是，其他地方還有囉？」

「可以這樣說。」

南田面有難色地說：「我只跟你們說，其實還有一個裝著文件的紙箱沒有被找到。」

「在哪裡？」

「某個地方。」

南田沒有直接回答。

「是不可以被找到的文件嗎？」相馬目不轉睛地盯著南田問道。

「是絕對不可以。本來是星期天以前就要處理掉的書面資料，但因為量實在太多了，所以我就先塞在別的箱子裡藏起來了。」

「那你昨天幹麼不把它搬出去啦？」

「是要怎麼搬啦，檢查官一直盯著我們，直到最後一個人把分行的出入口上鎖，我怎麼可能有辦法搬。」

舞突然陷入沉思。

「但是，為什麼那些文件沒有被找到？剛才你不是說融資課的人全都知道藏文件的地方嗎？」

「還是告密者是融資課以外的員工，所以只有融資課的人知道箱子在哪，而那個人卻不知道。」

話說完後，南田的神色變得有些複雜。

「不是，其實，那是我自己偷藏起來的紙箱啦，所以我猜那個內部告發者——雖然我不知道是誰，應該是不知道我放在哪裡。」

「反過來說也是幸運。」

「對啊，沒被找到實在是萬幸，啊，不過抽檢結束前都不能掉以輕心。」

大概是很重要的文件吧，只見南田抬起手腕，用T恤擦去沾滿額頭的汗水。

就在這時，他們頭頂上的樓梯傳出誰下樓來的腳步聲，三個人都因此緊張地繃起身子。

想要出去已經來不及了，腳步聲早就來到倉庫前，接著又直接走過去了。地下倉庫就在走廊的一端，他們將門稍微打開，從門縫中看到走廊上有一名男人的身影。從他像是在找什麼東西的樣子，就可以知道他並不是這間銀行的行員。那是一個身材矮小、目光如炬的男人。男人走進與倉庫完全相反那側的小房間，暫時消失了。但就連在這裡屏氣斂息的舞一行人，都能聽到他在翻找東西的聲音。

「那是誰啊？」

「一個姓青田的主任檢查官。」

南田小聲地回答相馬的問題。

「你說叫青田？」

「你認識？」

咖啡色的電燈泡下，相馬的眼睛為之一亮，他死死地看向青田消失的方向，低聲說道：

「嗯，當然知道，他風評不是很差嗎？」

「風評很差？」

「陽菜銀行會變成國有化就是這個男人造成的啊。」

「怎麼造成的？」

舞提出的問題很基本，相馬更加壓低音量回答她。

「很簡單啦，撤掉貸款核定就好了。把銀行提出的核定全部否決掉的話，銀行就不得不準備那部分的呆帳預備金。事情演變成那樣，銀行的營收也會陷入窮途末路。」

青田的身影再次出現在走廊，他慢慢地往他們的方向走去，接著握住右手邊的門把。

「那裡是？」

「是機房，他到底想幹麼啊？」

「一定是在找你藏起來的紙箱吧。」

相馬說完後，南田吞了口口水，聲音大到舞都聽得到。

「什麼啦，這下慘了。」

最一開始被發現的那個紙箱，雖然說藏的地方不好，但應該不會要南田負責。可是現在這個紙箱裡裝的是上面下令要處理掉的文件，卻因為南田一時偷懶還留著，所以責任當然要由他來背。萬一紙箱被發現，對南田來說是最糟糕的結果。

青田的身影消失在機房前。

「快走吧。」

話一說完相馬便走出小房間，但或許是聽到聲響，青田非常用力地開門並衝到走廊上。

他銳利的目光輪流射向相馬、舞，以及南田三人。

「你們在幹麼？你是融資課的吧？你們兩個呢？」

「我們是總行分行指導組的。」

相馬戰戰兢兢地回答。「我、我們只是拜託他帶我們看一下分行的環境。」

「分行指導怎麼會由融資課的行員來帶，要說謊也說個比較不會被拆穿的謊吧。」

青田慢條斯理地走近他們。身高不曉得是跟舞一樣高，還是只有矮她一點。每當他嘎吱嘎吱地磨著臼齒，臉頰也會微微震動。

「大家好像都覺得銀行員是菁英，再不然就是一流人才，但在我看來，銀行員就只是騙子而已，對吧？」

南田與相馬都沒有回答。

「還有一些書面資料吧？你們藏哪去了？」

他質問南田。「現在說的話，多少可以從寬發落，如果之後被我發現那些違法勾當，就沒這麼簡單放過你了。你最好做好心理準備業務改善命令會下來啊！」

這是在恐嚇，舞心想。只要腦中閃過業務改善命令，南田就會因此感到害怕。

青田非常清楚這一點。南田現在慘白著臉，咬緊唇瓣，表情很明顯在徬徨不安。

該不該在這裡坦白招供。

「喂，怎樣？」

青田突然一副高高在上的語氣。「其他地方是不是還有，在哪裡！」

彷彿被一把看不見的刀子抵住，南田很明顯地在猶豫。

糟了。

相馬臉色大變，想要插進兩人的對話。「那、那個啊……」

「你給我閉嘴！」

主任檢查官一聲喝令下，相馬只得閉緊嘴巴。

「沒、沒有。」

而南田則是小聲地回答。

「你再給我裝傻啊！」

整條走廊都是他的怒吼聲。「要是被我找到，我就會把你的名字也報告上去的！做為一名銀行員，你也不要想有什麼未來了，我會讓你知道跟檢查官對著幹會有什麼下場的，到時候你可別哭著求我。」

青田仰望著高眺的南田，一臉可恨地說道。

「簡直就是狐假虎威呢，青田檢查官。」

舞開口說道。

「妳說什麼！」

他轉過頭去緊緊盯著舞，目光凶狠地像要發出用力擰布時的聲音。

「你應該沒有資格評論一名銀行員的未來。」

「夠了，狂咲。」雖然聽到了身旁的相馬的請求，但舞卻無法停下。

「剛才那些話你敢在金融部長面前說嗎？青田先生，你敢在記者面前說嗎？你說得出口嗎？」

無法反駁。青田用力咬緊唇瓣，拋下一句「妳會後悔的」，快速地往樓梯走去，消失在他們面前。

6

「我絕對、絕對不會放過他，那個叫青田的！」

舞忿忿不平地說。

舞在新宿車站附近的一間居酒屋，與相馬和南田三人圍坐在一張桌子。這是他們都還在代代木分行時，很常來的一間店。

那是發生在大約一個小時前的事——

「這是怎麼一回事！」

整個室內都是安城的怒吼聲，他們在武藏小杉分行二樓的接待室。因為門是開著的，想必同層樓的其他行員都有聽到他的怒吼。

「非常抱歉。」

道歉的人是相馬。舞沉默著，她瞪著安城，臉因為生氣而漲紅。

原來是青田去向安城抱怨他們態度很差，不願配合抽檢。

雖然她很想說態度很差的明明是青田，但對方卻不是能讓她說這種話的人。

盛怒的安城毫不留情地對他們破口大罵，最後還把她拉到青田面前逼她深深一鞠躬道歉。她已經很久沒有因為不甘心而氣到暈眩了。

「好了，別生氣了啦狂咲。」

相馬冷靜地說道。

「真虧你可以這麼冷靜耶，相馬稽核。」

「因為相馬先生早就習慣被罵了啊。」南田說。

「才沒有咧。」

相馬說完後，又開口問道：「欸南田，你藏起來的那個紙箱，裡面放的文件具體來說到底是什麼？」

「是總行送過來的，禁止對外公開的抽檢相關通知。」

「通知啊。」

相馬面有難色。「那個還包含了抽檢應對事宜，這真的不能讓金融廳看到了。只有這個嗎？」

「太陽電機的內部資料也放在裡面了。」

「你說太陽電機？」

相馬神色大變。「那間現在狀況不是超不好的嗎？」

「對，簡單說ＩＴ界整體都不太好，所以他們也跟著不好了，前年虧損得很慘，去年因為出售了總公司那棟建築物，營業額總算是正的了，但經營方面其實還是虧損的……」

「南田先生是這間公司的負責人嗎？」

舞提出這個敏感的問題後，南田縮了縮脖子。「可以這樣說啦。」

「是有什麼隱情嗎？」

「呃，其實，我總覺得他們有做假帳。」

「你說什麼？」

相馬探出身子。

「不，這件事還沒有百分之百確定，只是我分析了過去五年的營收，總覺得哪裡怪怪的。」

「那你有跟上面報告這件事嗎？」

「當然有啊，我還提了報告書給副理，但目前還沒有具體的應對措施。如果那個叫青田的檢查官是瞄準這個來的話，很有可能是在哪裡聽到報告書的內容。」

「太陽電機現在的債務人評等是在哪個類別？」

「總之還是以一般交易來處理，畢竟只是暫時性的虧損。」

「你對於這件事又是怎麼想的？」

「怎麼說咧。」

南田皺了皺眉頭。「就假帳的內容來看，就算被警告也不奇怪吧，應該啦。」

「本行給太陽電機的貸款額度是多少？」

「三千億圓。這其實都是由總行的營業部負責處理的，只是我們分行離他們很近，所以也分擔了部分信用交易。」

相馬發出「呼」的一聲，嘆了口長長的氣。他仰望著居酒屋的天花板，那裡有著一圈一圈香菸造成的煙霧漩渦，就好像相馬他們現在所處的情況一般。

「青田那傢伙瞄準的大概就是這個了。」

舞抬起頭看著相馬。

「這話是什麼意思？」

「那些人大概是想找到南田製作的太陽電機的資料，下調該公司的債務人評等。如果真的有作假，分類就會從一般客戶降級成具有風險。」

「但是這樣做有什麼意義嗎？」舞開口問道。

「如果事情真的走到那一步，本行的預備金也必須要跟著增加，免不了要因為高達兩千億圓的巨額貸款導致業績惡化，而這就是他們想要看到的。這就是一種扭曲的公務員心態所能造成的結果。」

「那樣就慘了。」

南田一臉慘白。「沒辦法做點什麼嗎？相馬稽核。」
「但話說回來還真奇怪耶。」
相馬突然陷入沉思。「其實我後來還有跟分行的幾名行員面談過，老實說，我覺得整個分行的氣氛比我想得還要好。大家都很積極，也非常信任分行經理牧本先生，你們不覺得嗎？」
經相馬這麼一說，舞也點頭贊同。
她觀察了營業課櫃員工作的樣子，也實際上跟他們聊過，而從一開始就有的「感覺很好」這個印象，一直到最後都沒有崩壞。說到底，這次的分行指導本來就不是因為對方有出錯才來的，而是在希望能夠提升業務效率的營業課長的邀請下而來的。可以那樣積極地應對，也歸功於因為分行整體的氣氛十分融洽。
「因為牧本經理很受歡迎啊。」
南田說道。「在總行待很久的人調到分行通常都會有點高傲，可是牧本經理完全不會這樣，他人很好，從來沒有因為情緒動怒過。而且經理換成牧本先生之後，轉調的人幾乎都是因為升官才離開的。」
「畢竟牧本先生以前是待人事部的，人脈應該很廣吧。」
「融資課的工作性質本身就會很常跟分行經理來往，一般來說會聽到很多抱怨，但我們這裡完全沒有，擔任次要職位的我可以掛保證。所以在聽說是內部告發的時候，老實說我一直覺得哪裡怪怪的。」

「其實我之所以覺得很奇怪，也是類似你說的理由。」

相馬開口說道。「如果沒有人對內部告發這件事感到高興，那因此得利的到底是誰？換句話說，目前還不清楚對方做到這種份上的動機。」

「你說得很有道理。」

舞也開口說道。隱瞞工作暴露的話，東京第一銀行的處境也會變糟。光是分行被總行盯上這點，就沒有人可以得到那些能夠稱之為回報的東西。

「算起來唯一能獲得好處的就只有青田一個人了吧，不僅找出大銀行的包庇作業，還發現有作假帳嫌疑的巨額貸款的真面目——這應該都會成為那傢伙的功績吧。妳怎麼看啊狂咲？」

「不喜歡。」

舞說道。「雖然銀行做的事我也不喜歡，但我更討厭那個叫青田的傢伙。我偶爾也會討厭身為銀行員的自己，現在剛好就是。」

「可是，我們還是銀行員。」

相馬一臉認真，認真到讓人有些害怕。

「沒錯。」

舞「呼」的一聲嘆了口氣。

「青田從某個地方打聽到太陽電機作假的小道消息，應該就是內部告發那個人。你把東西藏在哪？還有誰知道你藏在那個地方？」

「沒有人知道啦。」

南田說。「不然你是要我怎麼說啦，那可是早該處理掉的資料耶，我怎麼敢說是因為我偷懶才忘了丟掉。」

「可是青田知道你那份提到作假的報告書耶。」

「大概是，他以為東西是放在一開始被找到的那個紙箱裡吧，結果卻沒有，所以他才會覺得還有其他藏起來的資料——是這樣吧？」

「大概是這樣吧。重點是那個紙箱究竟能不能撐到最後都不被找到？還是會被青田發現呢？」

7

「想跟您報告上次那份書面資料，我總算是找到了。」

電話另一頭傳來對方正在憋笑的聲音。青田在位於赤坂的某間飯店的接待廳裡聽著那道聲音，對面坐著的是他時常來往的酒店女人。當青田的手機響起時，女人也慌忙地拿出自己的手機確認郵件。

「辛苦了，藏在哪裡？分行裡面嗎？」

「對，您絕對不會猜到在哪裡，照理說應該是不可能找到的。」

「哪裡？」

過了一會，青田的臉上露出那種大壞蛋成功解謎後皮笑肉不笑的樣子。

8

「女子更衣室嗎!?」

分行指導第三天，在聽完青田的話後，武藏小杉分行的營業課長永瀨崇大聲地喊了出來。

「沒錯，你聽不見我說的話嗎？」

青田傲慢地說道，接著又將剛才的話重複說了一次：「我想要檢查一下女子更衣室。」

「為什麼又……」

永瀨的反應跟一般人一樣，但在牧本分行經理一聲「永瀨」後便閉上嘴巴。

那時銀行還沒開始營業，營業課的所有女行員都聚集於此，像在圍觀什麼似的。眾人臉上浮現出不安的神情。

「各位，這可是抽檢，還請妳們配合。」

高聲喊出這句話的是融資部的安城，語氣不置可否。令人感覺這個男人腦中只有讓抽檢順利結束這件事。他散發出一股「不管怎樣我都會全力配合」的態度，逼得女行員們都噤口不語。

「請問為什麼要檢查女子更衣室？恕我直言，今天已經是抽檢第三天了，現在連女子更衣室都要檢查，會不會做得太過分了？」

忍不住開口提問的正是牧本分行經理。之所以讓永瀨住嘴，也是有所顧慮才決定由自己出面代為陳述。

「因為書面資料有可能藏在那裡。」

「書面資料？」牧本的臉色大變，表情閃過一絲不安。

相馬一臉緊張地觀望著事情的發展，舞也繃緊身子。

「女行員幾乎都是營業課的，青田先生。」

牧本委婉地提出抗議。「我想她們都不會跟融資有所牽連。」

青田沒有回答他，只是唸出行員名簿上的其中一個名字。

「島崎圭子小姐，有來吧？」

無形的不安席捲而來。

「是我。」

舉起手的圭子是今年才剛進來的外匯部的新人。圭子給人印象就是小小隻、可愛可愛的。在青田肆無忌憚地注視下，她縮了縮脖子。

「可以請妳打開妳的置物櫃嗎？」

儼如凍結一般的圭子動也不動。在眾人充滿好奇的注視之下，青田滿不在乎地說道：

「我只要檢查她的置物櫃就好了。」
只檢查她的？這又是哪招？所有人的臉上都浮現出疑問，然而舞卻心知肚明。
因為內部告發者已經向他報告了。
不曉得是什麼時候走過來的南田站到舞身邊，看著現在就快要哭出來的圭子。
「那我們就去看看吧。」
像在押解圭子那樣，青田離開了那層樓。安城一臉嚴肅地快步跟在他身後。相馬與舞也追在他們後頭，南田也是。大多數的女行員們也都跑上樓梯，本來被下令應該要開始準備營業的人都消失了。
大事要發生了。
他們有所預感。所有人的內心都有著相同的預感。

「打開。」
青田毫不留情的一句話在女子更衣室裡迴響著。
那是非常殘酷的儀式。
圭子就在裡頭，手捂著嘴。可以看到她的背影不斷顫抖著。
「快點！」
被安城這麼一催，圭子的眼淚都流出來了。
「喂，這種做法不太對吧？為什麼只開她的置物櫃？」

聽到牧本的抗議，青田回以一個陰險的笑容。

「只要打開這個置物櫃，你就會知道了。」

「我是在問你為什麼是她！」

不願退讓的牧本繼續說道：「既然要檢查的話，就連我和其他人的置物櫃都一起檢查啊，為什麼只針對一個人，而且還是女生的置物櫃，這叫人怎麼接受。」

「別這樣，牧本先生。」

安城將手放在分行經理的肩膀上，開口說道：「這個就是抽檢啊。」

「金融廳來抽檢就可以這樣為所欲為嗎？」

「你說什麼？」

青田的臉因生氣而僵硬，他凶狠地瞪向牧本。

「你們分行的行員是在流行頂嘴嗎？我要向上頭報告你們妨害抽檢囉？」

「非常抱歉，青田檢查官。」

安城制止還想說些什麼的牧本，低下頭來道歉。等他再次抬起頭，他便狠狠地搶過正在哭泣的圭子握在手中的鑰匙。

「你要幹麼！」

圭子拚命抵抗，但女孩子的力量終究有個極限。安城拿起鑰匙，一邊向青田說道「抱歉給您帶來困擾」，一邊將鑰匙插進置物櫃的鑰匙孔。

南田的喉嚨發出「咕」的一聲吞了口口水，相馬則瞪大了雙眼。

誰都無法說出任何一句話。

現場就只有鑰匙轉動後打開門的聲音，還有圭子的抽噎聲。

「請，青田檢查官。」

青田冷笑了一下，站到置物櫃正前方，將手伸了進去。

他首先拿出來的是一件大衣，CAMEL品牌的半身大衣。他把外套交給安城，這次則彎腰把放在裡面的包包拉了出來。

「請你住手！」

青田無視於圭子最後的抗議，現在他的腦海中只有功名利祿。做為公務員這一路走來的各種辛勞，能夠回報他的——就只有那個了。

他取開大型包包的金屬環扣，開始翻找裡頭的東西。

手機、文庫本（註3）、筆記本，最後用手捏出來的是一件黑色的小內褲——那瞬間所有人都倒吸了一口氣。圭子發出「哇」的一聲哭了出來。

青田的臉上充滿了焦躁。

他將包包丟到一旁，發狂似地在置物櫃裡翻來翻去。但那畢竟只是一個小型置物櫃，沒有就是沒有。

所有人都看得出來青田弄錯了。

註3　文庫本是日本其中一種書籍出版的形式，不僅是平裝印刷，尺寸也較一般書籍小，便於攜帶。

「呿，什麼嘛！」

像是不經意說出這句話後，青田站起身，接著低聲說道：

「根本沒有嘛……」

「走吧。」

他對跟著他來的另一名檢查官說道，飛快地轉身離開，直到腳步停在站在入口處的舞的面前。

「不好意思，可以請妳讓開嗎？」

舞動也不動。

「你至少道歉一下吧？」

舞的聲音冷靜到令人有些害怕，在充滿緊張氣氛的更衣室裡迴響著。

「妳說什麼？」

「我是不知道你想幹麼，但你這樣看完女行員的置物櫃，就想直接拍拍屁股走人嗎？不管你是金融廳還是哪裡來的，憑你做出這種事，就可以認定你是世界上最爛的男人，最爛的人。」

「哦，這就是妳想說的？我會好好記在報告書上的。真是的，這間銀行的女行員怎麼都一點紀律也沒有。」

「沒有紀律的人是你吧。」

「妳說什麼？」

事情發展至此，青田似乎將憤怒的矛頭指向舞了。他瞪著舞，彷彿要用眼神將她鑽出一個洞似的。

「這樣好嗎？說這種話。」

他發出撒嬌般的聲音。「我馬上就會讓妳後悔的，妳這個不知人間險惡的大小姐。」

接著他突然瞪大眼睛，像是換了個人一樣。

「我以金融廳檢查官的身分提出警告，妳現在的行為已經是在妨害我們對銀行做抽檢，唔哇——」

隨著「啪」的一聲，青田的臉頰發出清脆的聲響，中斷了他還沒說完的話。

青田動了動嘴巴，卻驚訝到說不出半句話來。

所有人突然像凍結了一般停下動作。

「狂、狂咲啊——！」

相馬的叫聲傳入耳內，但已經來不及了。

「少自以為是了！就是因為被你這種腐敗的公務員抽檢，銀行才會也跟著墮落啦！」

舞瞪向安城，繼續說道：「還有你，因為嫉妒跟你同期進入銀行的牧本經理職位比你高，就故意洩漏內部情報耍這種陰招，差不多該適可而止了吧？」

被指名的安城嚇了一跳，只能一直盯著舞看。

「這是怎麼一回事？」

牧本分行經理開口問道。

「事情就如同花咲說的那樣，牧本經理。」

相馬從旁加入話題。「抽檢前一天，安城稽核特地打電話去問融資課的人藏紙箱的地方在哪裡。換句話說，這間分行以外的人，而且還知道紙箱藏在哪裡的就只有安城稽核了。從這個事實可以看出究竟是誰流出機密資訊的，不過看來這次他流出的似乎是錯誤消息了。」

「我不會放過你的。」

青田一臉怨恨地說下這句話後，逃也似地離開了現場。

「你們這些人，給我負責！」

拋下這句話後，安城便往青田的背影追去。聽起來就像是一名輸家在嚷嚷罷了。

「結果那些人的腦袋裡可能還是只有升官發財吧。」

說完之後，相馬輕輕地走到圭子身邊，對她說道：

「可以了，辛苦妳了。」

圭子的抽噎聲瞬間停止，接著「呼」的一聲嘆了口長長的氣，剛才哭泣的臉馬上轉為笑臉。而在入口處偷看的女行員們則發出「哇」的歡呼聲。

「這是怎麼一回事？」

「不好意思。」相馬對著一臉訝異的牧本道歉。

「我們是故意把她們的置物櫃裡藏有書面資料的錯誤消息放給安城稽核的。她們幾個還在唸書的時候都是戲劇社的，所以就請她們演了一下……」

「虧你們做得出來啊，真是的。」

牧本一臉驚訝地說完後，有些悲傷地嘆了口氣。

「不過，安城他啊，以前明明不是那樣的人。」

「這是常有的事，這間銀行、這個組織就是會讓一個人改變的。或許那個叫青田的主任檢查官也不例外。」

「可不是。」

說完這句話後，牧本又接著說：「但既然他們有這種企圖，我們也有必要做出什麼回應。有人要害我，我就必須防衛。這也是為了在場的各位。」

『金融廳主任檢查官，利用職權在女子更衣室大鬧一場!?』

那之後過了兩個禮拜，像這樣多少帶了點惡意的標題出現在週刊雜誌封面上。雖然這篇文章沒有出現當事人本名，但只要看了，就可以明白青田幹了什麼誇張事蹟。

那天晚上，在相馬的邀請下，舞陪他一起去了東京車站地下街的居酒屋。她看著週刊雜誌的標題，聳了個肩。

這次的洩密事件稱不上是誰惹出來的，要說是東京第一銀行這個組織的所有人也可以。金融界一直對這位聲名狼藉的檢查官感到很棘手，這篇文章或許會讓他們拍手叫好，罵道：「活該。」

另一方面，文章中也提到，因為一己之私洩漏情報的T銀行A稽核，也就是安城，沒過多久就接到了被調去中小企業的調令了。

「啊——心情舒服多了，對吧，狂咲？」

看著相馬輕浮的樣子，舞對他投以冷淡的目光。

「是嗎？我倒覺得半斤八兩，不管是青田還是安城，甚至是這間銀行的這個組織也是，本質上都是差不多的。」

「什麼，狂咲妳也太傷感了吧。是說，島崎的那件黑色內褲，就是妳想出來的那個橋段，那其實是妳的吧？妳到底是在什麼場合穿那個——好痛！」

那時相馬正咧著嘴大笑，舞毫不猶豫地就往他的小腿骨踹下去，她「呼」的一聲嘆了口氣，接著瀟灑地從座位上起身。

荒磯之子

1

「非常抱歉。」

真藤毅深深地一鞠躬。

沒有回應。與其說沒有回應，不如說電梯門很快就關上了，所以他看起來就像是在跟電梯門道歉似的。

這是東京第一銀行七樓，董事專屬的樓層。

「呿。」

抬起頭後，真藤皺起充滿油脂的臉，用舌頭發出一聲尖銳的聲音。他的身旁是方才與他一起鞠躬致歉的，企劃部的兒玉。衡量了一下真藤的怒氣，兒玉有些拘謹地說：「您辛苦了。」

伊丹百貨公司的負責人，伊丹社長突然拜訪是在三十分鐘前發生的事情。原本還滿心期待他是來談土地開發案的金融問題，沒想到從他口中說出的卻是令人震驚的客訴。他說伊丹的兒子清一郎，前幾天臉上帶著瘀青回家。「問了才知道好像是課長對他施以暴力的樣子，還不只如此，他似乎還在客戶面前被總行派去的人狠狠羞辱了一番，讓他覺得很受傷，還說不想再去銀行上班了。好不容易唸書進到銀行工作，現在這樣簡直是反效果。」

那三十分鐘他都低著頭。

「你有在聽嗎？」

「呃、啊……」皺起眉頭的兒玉敷衍過去。接著他就被迫聽了新宿分行發生的『騷動』的前因後果。兒玉自己已經直接從新宿分行的朋友那聽過了。

真藤的臉漸漸地漲紅。

「然後，說到總行的人──」

「他們嗎？」

他們──指的當然是事務部分行指導組了。

「他們就是個麻煩啊。」

真藤一邊走回自己的辦公室，一邊強硬地說道。

「說起來，前幾天金融廳的抽檢，那個分行指導二人組的行動不是也鬧出問題來了嗎？」

金融廳惡名昭彰的檢查官被狠狠幹掉的那件事。

「可是，那件事是那件事，就本行的立場來說倒是能夠好好利用……」

被對方瞪了一眼後，兒玉閉上嘴巴，將話吞了回去。

「那伊丹社長兒子的事，人事部下了什麼處分？」

「聽說他本人自己鬧到了人事部，所以那邊也做了調查。」

「然後？」真藤挑了一下他粗粗的眉毛。

「說課長已經因為動手打人親自跟伊丹本人道歉了。據人事部調查的結果，那場騷動本來就起因於伊丹的工作態度，所以他們好像也覺得無可奈何。考慮到種種情況，沒有對融資課長做懲處。分行指導組的兩人也不在討論範圍內的樣子。」

「時枝人也太好了。」

真藤直接點名人事部長時枝春一的名字。時枝是他往上級董事升遷路上最大的對手，與他一向理念不合。相較於主張強硬改革的真藤，時枝則固執堅持著保守改革路線。與其說是對手，倒不如說是礙眼的上司那種存在。

「說起來，分行指導二人組的上司，辛島事務部部長跟時枝部長也走得滿近，感覺事前就先去幫他們說好話了。像前幾天金融廳抽檢搞得雞飛狗跳的，最後也沒有被究責……」

「真過分啊，關係比較好就可以顛倒是非嗎？」

碰到自己派系的人就不處理。真藤說道。

「真的，不過只是個分行指導組，真是讓人看不下去。」兒玉也附和道。

「有夠不爽的，明明最好的方法就應該要徹底打擊他們一下。」

沒錯，可偏偏又有紀本在神戶分行那種『多此一舉』的行為──話一說完，察覺到這無疑是在真藤的怒火上澆油的兒玉又接著說：「或許，是我們對他們太過寬容了。」

「寬容嗎？沒錯，就是這樣。」

真藤說道。「兒玉，你有什麼好點子嗎？」

經他這麼一問，兒玉馬上就想起某件事來。

「與其說好點子，前幾天我才跟蒲田的須賀聊了一下，我提到了事務部分行指導組的事，他聽完說了『豈有此理』。」

「哦，那個須賀這樣說啊？」

須賀住男，眾所皆知是位厲害的謀士。以前他還待在銀行裡負責經營策略的業務企劃部時，真藤就特別留心過的一個人物。雖然須賀實施了銀行的各項企劃並獲得成功，但他的做法都是不管後果的蠻幹，比起名聲，自始至終他在乎的只有成果，這種厚顏無恥的做法讓他聲名大噪。除此之外，大家也都知道他不容許任何批評，或是有目標未達成，對待下屬也非常嚴厲冷酷，他的綽號就是姓名第一個字的英文縮寫，再加上納粹德國親衛隊（NS-Deutschland），合在一起簡稱『SS』。

「他以前和神戶分行的紀本是盟友的關係，所以就算原因出在紀本自己身上，但對於毀了紀本的分行指導組，他應該也不會有什麼好臉色。」

「原來如此、原來如此。」

真藤一臉了然地點了個頭。

「他還說那些人要是到了他那裡，他一定會徹底地『指導』他們。」

「指導嗎？這個不錯。」

真藤含笑說道。「明明要去指導，結果反而被人家指導嗎？那麼，究竟會怎麼指導咧？感覺很有趣吧。」

「我會再向您報告結果的。」

兒玉安靜地從真藤面前退下。

2

「明天要去蒲田分行喔。」

與負責監督他們的芝崎次長開完會回來的相馬，一臉不耐煩地將資料夾丟在桌上，繼續說道：「不過不是去指導，是去支援。」

「支援？」

舞挑起眉毛。事務部分行指導組，他們專門去遇上困難的營業據點協助，並解決問題——照理說這才是相馬與舞被規定的職務。

「為什麼會要支援呢？」

搶用舞的問題來回答的相馬，重重地將身體壓至椅背上，兩手交叉於頭上方。

「說是蒲田的營業課少了一名行員啦，這個我知道。現在還在找接替那名行員的繼任者，所以這兩三天可以請人去幫忙嗎，事務部接到的請求是這樣說的——但為什麼會指名找我們呢？」

「如果是那樣的話，為什麼不是只有我，而是連相馬稽核你都要過去啊？」

「聽說代理課長也有一名去研習了，所以不在銀行裡。」

「蒲田分行，嗎？」

『西船場，東蒲田。』他們被稱作是東京第一銀行裡最忙碌的分行。在產業最聚集的大田區中，位於蒲田車站前的這間分行，位置就在製造業群聚的京濱工業區中心。

說是製造業，但多數公司都是大企業的承包商。只要集結大田區中小企業握有的技術，就連機器人都能做得出來——即便有著這種名聲，這個地區現在卻遍布泡沫經濟崩壞後的傷痕，幾乎要讓人以為這些企業都是虧損的不毛之地。

「在那種地方生存的銀行生意也不好做，順便說一下，客戶不是只有中小企業而已，還有那種沒什麼依靠的服務業，或是小商店也有。還有那種妳以為是什麼奇怪的店，結果是正正經經的個人戶。聚集了各種行業及各式各樣的人，營業課一個人要處理的業務量是排名日本第一多的，這也是為什麼那裡會被稱作『蒲田地獄』。那可是間有好處就要撈一把、充滿殺氣騰騰的銀行啊。果然還是有不好的預感。」

「怎麼了?」

相馬解開看起來很廉價的領帶,面有難色。

「哎呀,這是芝崎次長跟我說的,說企劃部的兒玉次長好像在問我們決定要去蒲田分行支援了嗎?妳可能不知道,但那個兒玉先生據說是真藤企劃部長身邊的人,然後那個真藤部長啊,聽說對我們寫的報告超級不爽的,就是去完自由之丘分行指導後寫的那篇。簡單說來,我們的行為就像是在違逆強行要執行降低成本的真藤一派。」

「我們是這樣沒錯啊。」

舞乾脆地說道。「再說,為了降低成本,把行員當成東西還是什麼的,這種錯誤的做法本來就不可能行得通。」

「喂!小聲一點啦花咲。」

相馬發出「噓」的一聲,舉起了一根手指頭放在嘴巴前。對此無動於衷的舞冷冷地瞥了一眼懦弱的相馬。

「總之,你要說的是,這次去分行指導的背後,其實有可能是真藤部長設計的。」

「那個蒲田的分行經理跟兒玉次長關係很好,順便說一下,他和神戶分行那個紀本副理好像以前不知道在哪個部門,也是搭檔的樣子。」

「你說的紀本,就是那個被懲戒開除的男人?該不會他們都是共犯吧?」

「什麼共犯啦，應該說他們都是真藤派系的實力派人物吧，換句話說就是我們的敵人。我跟妳，是他們的敵人喔。」

「如果那種被女人騙到要去做壞事的人聚在一起就能得勢的話，我們銀行也差不多該倒了。」

舞嘲笑似地說道，但相馬卻緊張兮兮的。

「那是妳不知道蒲田分行經理這個人才能說得這麼悠哉，他的名字叫須賀住男，綽號是『SS』。」

實在太蠢了。舞聳了個肩。

「那也有超小尺寸的意思吧，我這個人，對矮個子男生可沒興趣啊。」

3

事實上須賀才不是什麼矮子，而是身高超過一米八、有著健壯身材的男人。他現在沉沉地躺在椅背上，看著站在自己辦公桌前的相馬與舞。說得更準確一點，是瞪著他們，彷彿與他們有著什麼深仇大恨似的。

由於對方散發出的強大威勢，讓相馬才剛站在對方面前，就感覺矮了一截。他戰戰兢兢地說道：「我們會全力以赴的，請多多指教。」

「全力以赴？只有從來都不使出全力的傢伙才會說這種話。」

須賀開口說道，語氣聽起來像是在責備。

舞猛地收起下巴，真是令人不爽的男人。她忿忿不平地想著：我們明明是被請來支援的，怎麼會用這種說法，給我說聲不好意思啊、麻煩你們了之類的話啊！一想到這裡，就覺得不能只是乖乖站著給人罵。舞的個性就是這樣，於是她一臉嚴肅地說道：「那句話是我們會和平常一樣全力以赴的意思，請不要擅自解讀。」

「什麼？」對方瞪了過來。才剛到這裡沒多久，氣氛就已經不太妙。

「妳是要說這些廢話說到什麼時候？要不是突然發生人員不足的情況，我們才不得已請分行指導組來支援，老實說，還不曉得你們有沒有辦法勝任。」

「什麼意思？」

舞一臉嚴肅。

「也許你們可以做得像教科書上寫的那般優秀，但這間分行可不是那種天真無邪的人能夠待的。蒲田分行的營業廳完全就是地獄一丁目（註4），來辦理業務的客人並非都是好人，一被他們逮到機會就會開始挑毛病。挖銀行的缺點、到處找碴，作業稍微慢了一點，就不顧形象在大廳裡大吼大叫，甚至還有威脅要賠償他的損失的那種。有一堆那種沒辦法用一般方法應付的人，都在虎視眈眈地盯著櫃員的一舉一動。」

註4　日本地址中常用到的字，用於表示城市街區或鄉鎮地區的編號系統中的一部分。

「既然如此，為什麼要指名我們來呢？找須賀分行經理看得上眼的櫃員來不就好了？」

須賀從鼻子發出「哼」的一聲來回應舞的問題。

「你們也可以拒絕啊，我又不是喜歡才叫你們來的。因為有個櫃檯人員突然離職，我才請人來頂替他的位置。但其他分行的優秀人員也需要一點時間才能來支援，所以只好拜託分行指導組了。」

須賀姿態高傲地將身子向後靠在椅背上，一臉瞧不起地看著相馬與舞。

「我再說一次，要在蒲田分行生存並不容易，就請打著教官名號的分行指導組好好表現一下你們的實力究竟如何，至少，希望你們能努力點，不要扯我們後腿。」

正當舞還想反駁些什麼的時候，辦事人員走近，報告會議已經準備好了。他身後的分行經理辦公室裡，聚集了許多一臉嚴肅、感覺應該是融資課課員的行員們。每個人的臉上都充滿著疲憊，看來待在這個分行經理底下工作一定壓力很大。

「總之，可別哭喪著臉啊。」

以討人厭的口吻補上這句話後，須賀從座位站起，身影消失在身後那間聚集了許多外勤行員的分行經理辦公室。

「那什麼態度啊！」

走在往二樓的樓梯時，舞不加掩飾地發火。「一般請人家來協助才不會那樣說話吧，被人家說成這樣卻什麼都不敢回，拜託相馬稽核你也爭氣一點。」

「沒辦法啊，人家可是分行經理耶。不過，就像須賀經理說的那樣，蒲田分行真的很恐怖，這是事實，或許一開始就想用這個嚇唬我們，所以才叫我們來的吧。真的，我總覺得就是那樣。」

「無聊。」

舞直接把相馬甩在後頭，下到一樓後用力打開了營業課的門。

營業課長門脇欽次，外觀看起來像是一位長滿青春痘的少年就那樣長大成人的樣子。如果說分行經理須賀是『SS』的話，這一位就是二等兵。這個男人如軍人那般目光炯炯，不苟言笑。

「你們就是支援部隊嗎？反正就拜託你們了。」

坐在辦公桌另一側的門脇站起身，很快地將兩人帶到外匯負責人那邊，簡單介紹了一下。

「請多多指教。」向他們鞠躬的是一位名叫川井妙子的女行員，是比舞年長約十歲的前輩。妙子在進到銀行之後，就一直在蒲田分行工作，是一位資深行員。

「相馬稽核負責去研習的代理課長的工作，花咲小姐，就請妳去櫃檯窗口。川井幫我把積在後面、那些轉上來的業務工作處理一下。」

「明明要處理的工作量這麼大，行員卻很少耶。」

相馬脫口而出內心的想法。

「怎麼?這麼快就在說喪氣話了?」

「不是，沒有這種事，我只是——」

「不用說了。」

打斷相馬的話後，門脇對著舞說：

「你們要有所覺悟，因為會非常的忙。因為你們平常都待在辦公室，我想這對你們來說應該是很困難的工作，但就算哭也不會有人來幫你們的，要有心理準備。客人裡面，或許有對身為資優生的分行指導組來說不太好處理的人，那個時候就叫我，因為你們應該沒辦法處理。你們沒有真正的實力可以面對那些帶著惡意的客人。懂了嗎?相馬稽核。」

「什麼?呃，喔。」

被舞瞪了一下，相馬縮了縮脖子。舞正想代替他反駁時，門脇就倏地轉過身去了。

「朝會!」

營業課一共有十七名員工，所有人都停下手邊的工作聚集過來。氣氛非常沉重，沒有半點活力，每個人的臉上都帶著疲憊的神情。

地獄一丁目——

舞的腦裡閃過須賀說的那句話。

4

「你覺得怎麼樣？我指的是分行指導組的那兩個人。」

須賀直接打內線電話到門脇的辦公室。

「經理那樣說我還以為是什麼樣的人，結果不就是一個年輕櫃員跟一個一直在發呆的稽核嗎？目前他們就是先下去做了，但在我們外匯待上一天後，大概會哭出來吧。」

外匯人員——這個主要工作為匯款到其他帳戶以及支付稅金的人員，是營業課中最繁忙的職務。銀行鐵門打開的期間，換句話說，也就是營業時間內，等待人數經常會有好幾十人，對於精神和肉體來說都是非常折磨的工作。

因此不管是哪間分行，都會讓資深行員負責外匯窗口，那是工作最快速、最準確的行員的個人舞臺。更不用說在蒲田分行擔任這個工作，壓力真的不是普通的大。

「不准手下留情。」

須賀嚴厲地下了命令。「聽好了，一直丟工作給他們就對了，在那個叫什麼花咲的小女生哭出來、拜託我們放過她之前都不准心軟。工作沒做完之前也不准他們回家。」

「遵命，我們這邊要做的事非常多，您放心。再說，麻煩客人也不少。」

「有趣，想必那些人也被賦予了重大責任吧。」

「隨隨便便應付的話可能還會引起糾紛，事情會按照我們所想的執行的。應該不用多久，分行指導組就會被烙上失職的印記。」

「才剛說就來了。」門脇看到原先在等待大廳裡等待的一名男人忽然站起，他放下話筒。

「到底是要我等多久啊！」

一聲怒吼響遍整間營業廳，就發生在他放下話筒後的瞬間。

聽到男人的怒吼，舞驚訝地抬起頭。與此同時，拳頭「砰」的一聲也砸在櫃檯上了。

那是將近五十歲的男人，身上穿的不是西裝，而是毛衣搭上夾克那種一般外出穿的衣服，看起來是附近的商店老闆。身材壯碩的男人將身子壓往櫃檯另一側，對舞露出一張凶狠又恐怖的臉。

「妳知道我從剛才到現在等了多久嗎！」

舞露出笑容。

「非常抱歉，這位客人，我們已經在加快處理了，請您再稍等一下。」

冷靜沉著的回答。然而男人卻拿起手上的文件敲向櫃檯。

舞的身後傳來椅子的聲響，相馬一臉擔心，正打算上前幫忙。舞伸出手制止了他，而她冷靜的目光自始至終都沒有離開那位男客人。

「我要辦的就只有一件匯款而已，沒有辦法等了，先幫我處理！」

不容分說的口吻。

「我們會按照號碼叫號，請您先稍坐等待。」

「我不是說了沒辦法等嗎！」

「這樣會影響到其他客人的。非常抱歉，現在有很多客人在等待，我們已經在加快處理了，可以請您再等一下嗎？」

舞一臉真誠地請求讓男人瞬間瞪大了雙眼，接著他才說出「真沒辦法」，然後垂頭喪氣地回到位置上。本來在觀望發生了什麼事的客人與其他行員也都面露安心的表情。

「真不愧是妳呀，狂咲。」

背後傳來相馬小聲的讚嘆聲。

像這種事情光是上午就發生了兩件。

「是說這間分行真的很忙耶，妳沒問題嗎花咲？感覺奇怪的客人還滿多的。」

「那些沒什麼。」

她和妙子交班，進入用餐時間，相馬也跟她一起休息。經他這麼一問，舞一臉沒什麼大不了地說。

「就算在臨櫃破口大罵，也不一定就是帶有惡意。那種人你好好跟他講，會發現他們其實都意外的是好人喔，只是沒什麼耐心而已。」

「是喔？好啦，妳能這樣想是最好啦，就算有不好的客人，也會有好客人的。」

「我對客人都是一視同仁的。」

相馬對舞的話感到很吃驚，舞繼續說道：「我是一名櫃員，剛才那位客人做得不好的地方不是生氣大罵，而是他想要破壞按照順序排隊這個規定。只要對方能夠明白我們很努力在堅守這個規定，就會願意好好排隊等候。不過，一旦這個規矩被破壞，客人馬上就會忍不住過來了。因此最重要的，就是要公平地接待每一位客人吧。」

「客人就是喜歡妳這種地方吧。」

在他們還待在代代木分行的時候，舞是非常受歡迎的美女櫃員，甚至還會有客人抽兩張號碼牌，就只為了給她服務。

「在這間分行還滿開心的，我說我。」

舞開口說道。「我一直都是在臨櫃擔任櫃員的，或許我是在許多櫃員中被挑選進分行指導組的，但我覺得我還是很喜歡做服務業。來這裡之前我還沒想到這點，真的坐上那個位置後，才讓我想起那些被我忘記的事情，總覺得是這樣啦。」

「狂咲，妳……」

舞打斷了想說些什麼的相馬，從休息室的沙發上站起。她才休息不到十分鐘。

「那我要先走了，我得早點跟川井小姐交接，因為那個人手上好像還有一堆工作要處理的樣子。」

5

然而，違反舞信念的事情，就發生在下午兩點過後，剛好是銀行迎來最忙碌的高峰時。

面板上的燈開始閃爍。

因為等候人數已經超過五十人了。到目前為止一直在辦公桌工作的妙子也進到櫃檯，呈現蒲田分行外匯同時開啟兩個窗口作業的狀態。

就在那個時候——

「請問還沒輪到我嗎？」

手上拿著號碼牌這樣問道的是一位穿著西裝、相貌堂堂的男人。看他散發出來的氛圍就能知道他手頭很寬裕。

舞快速地瞄了一下男人手上的號碼牌，內心發出「咦」的一聲。前面還有四十幾個人。

一副等了很久的語氣，但這位男客人其實才等不到五分鐘。舞覺得有點不高興，因為男人表現出來的樣子夾雜了謊言。

從外觀看上去敦厚老實，身上散發出金錢的味道，感覺是附近經營中小企業的老闆。然而男人卻說出和那身溫和氣息完全相反的言論。

「還沒到嗎？我有點急，有辦法先幫我處理嗎？拜託了。」

舞直直地盯著男人的臉。

嗯？他歪了歪頭，露出一臉疑惑，令人覺得有點裝模作樣。不只如此，從他身上散發出來的甜甜香水味，就連坐在櫃檯內的舞都聞得到。

「不好意思，其他客人也都在排隊，還請您一起配合。還是您是要辦理貸款交易嗎？」

如果是貸款的顧客，就不用和一般客人一樣在櫃檯等候，交由融資課的負責人處理就好。

然而男人卻搖了搖頭。

「不，現在還沒有到貸款的程度，我最近才開始在這裡存錢。」

還沒有到，意思是之後有可能會有嗎？

「原來如此，那就請您再稍後一下。」

男人露出失望的神情。但這時背後卻傳來一聲呼喊。

「武內先生！」

說話的人是門脇課長。「哇，您好！平常受您關照了，今天是來辦理什麼業務的？」

「我要辦幾件匯款，因為有點急所以拜託她先幫我處理，但是被拒絕了。」

「是這樣嗎？喂！妳！」

門脇小聲地對舞說道。「這個幫我處理一下。」

「如果按照順序來就可以。」

聽到舞這樣說之後，門脇的眼睛立刻變成倒三角形。

「現在，我說現在。」

在大廳等待的客人們正閒得發慌，大家的視線都集中在她與這位武內先生的交鋒，並對意想不到的『插隊』皺起眉頭。

「這樣我很難做事，明明其他的客人都還在等。」

「妳說什麼！」

這次在櫃檯大吼的不是哪位客人，而是門脇。「我叫妳現在處理，妳就給我現在處理！我剛才都有在看，會這麼慢還不都是因為妳太廢！」

6

結束營業後，舞坐在分行的辦公桌上處理著文件。

她的心中像是有什麼肉刺，整個人被捲進一股無法宣洩的怒氣漩渦中。

「呦！花咲，妳別生氣了啦。」

相馬戰戰兢兢地向她搭話。同樣是外匯部門的妙子一臉抱歉地看著他們。

「對不起，花咲小姐，我們課長說了很難聽的話。」

「妳不用這樣，他又沒有要跟我道歉。」

花咲如此說道。在她的面前是門脇命令她要在今天處理完畢的、堆積成山的工作。雖然絕大多數都是整理的作業，但裡面也夾雜了幾個需要花時間計算數字的文件。

而那個門脇現在正在三樓會議室開營業會議，所以並不在。

「沒辦法，誰叫對方剛好是武內先生，所以課長才會失去冷靜，講話也比較那個。」

「也是，大家都有機會碰上沒有時間的時候。」相馬說道。

「他是誰呀？那位武內先生？」

舞開口問道。

「是在青山經營一間公司的人，最近在這附近買了房子，就搬過來了。現在在育兒機構裡擔任幹事，他人非常好喔。不是會有各式各樣的人來我們蒲田銀行嗎？真要說的話，武內先生的臉看起來就是比較正直、令人放心的那派……」

「育兒機構嗎？常聽人家說喜歡小孩的人都不是壞人耶。」

舞嘆了一口氣。

「記得是叫『荒磯之子』吧，那個育兒機構的名字就是這個，假日的時候好像還會帶小孩去海邊，教導他們各式各樣的事情。而且武內先生連潛水執照都考到了喔。」

妙子的語氣聽起來像是在說自己很憧憬的人一樣，還將兩手交握於胸前，臉頰也浮現出紅潮。

「可惡，浮潛嗎？這個世界太不公平了吧，我就只能一輩子被關在銀行這個鳥籠裡面工作。欸妳怎麼啦？花咲。」

相馬看著突然抬起頭，一臉呆滯的舞。

「不，沒事……」

雖然剛才好像被什麼電到一樣，但在那個畫面形成之前，就已經從腦中的記憶之海消失了。

「總之我知道他是好人了，但這位社長也不是融資部的顧客，為什麼可以受到特別待遇？不管怎麼說，門脇課長的用詞都太過分了。」

「因為這位客人之後會擴大跟我們的交易，所以課長對他的態度難免會有些誇張，畢竟他可是我們分行在苦惱投資信託的優惠活動時，直接衝了兩千萬業績的客人啊。」

妙子一直在幫武內說話。

「也就是說是恩人囉，既然如此，匯款這種事也不用特別跑到臨櫃吧，一開始就叫門脇先生處理不就好了。」

「這就是那位先生人好的地方啊，相馬先生！」

不只門脇，感覺妙子整個人也被武內迷住了。

「但是——」

相馬將內心的疑問化作言語。「就算之後的交易會擴大，他明明就是在青山開公司的，那邊應該也有交易往來的銀行吧？他們公司的主要來往銀行是哪間啊？」

「我記得他說是白水銀行，但他好像已經決定再過不久就要把公司都遷到這附近了，所以今天也是想說差不多要來開個一般存款帳戶的樣子。」

明明說他很急，結果武內在那之後卻在接待室裡待了快一小時，跟門脇閒聊了之後才離開。似乎是在準備提出正式交易申請的樣子。

雖然妙子毫不掩飾地表達對武內的歡迎，但舞卻一臉悶悶不樂地沉默著。為什麼會這樣？就算被這麼問，她也不知道該怎麼說明，只覺得焦躁不安。

7

「不知道為什麼，我就是不喜歡他，那個叫武內的男人。」

舞發著牢騷。

時間已經超過晚上十點，從蒲田回家的路上，到了新宿後，在相馬的邀請下，他們一起去了居酒屋。

「嗯，那也不會怎樣啊，這樣妳也不用抱怨了。反正妳喜歡蒲田分行啊。」

「這跟是不是蒲田分行沒有關係，他絕對會變成本行的交易對象啊，相馬稽核。」

「呃，是這樣說沒錯啦。」

相馬說完這句話，拿起玻璃杯喝了一口生啤酒，接著說道：「到底是什麼地方讓妳這麼在意？」

「我也說不太上來，就覺得腦中突然閃過什麼，然後就消失了……」

舞皺起眉頭。「不過那個姓武內的人說謊了，我敢保證絕對是這樣，他騙不過我的。」

「會不會是因為門脇課長很喜歡他，所以妳才看他不順眼？」

被舞瞪了一眼後，相馬乖乖閉上嘴巴。

分行經理須賀，接著是門脇，今天是故意被強塞一堆工作的一天。舞又回想起門脇對她的態度，臉上的表情也黯淡下來。

「那個課長，他竟然說我很『廢』耶。」

舞一反常態，眼神變得十分認真，可以從她的眼中看到熊熊怒火。她的表情乍看之下很平靜，但其實卻十分激動，這副模樣讓相馬打了一個冷顫。

「喂喂喂，才不會有人覺得妳很廢，今天也是，只要看到妳工作的樣子，就知道妳比那個資深行員川井小姐還要厲害好幾倍了，雖然這樣說有點不好。至於妳不甘心的點，我是覺得有不認輸的這種想法就很好了。」

「我們到底在做什麼呢？」

舞自問似地說道：「因為有分行需要支援所以就來了，這是沒什麼關係，但結果卻不是真的，我們只是來被擊倒的，也就是說是我們自己走進陷阱──」

「夠了，狂咲，妳今天有點奇怪喔，會因為這種事情沮喪也太不像妳了。」

「我才沒有沮喪咧，我只是對銀行這個組織感到有些無力感，不如說有時候還會覺得到處充滿著殺氣啊。結果這裡是同時存在著能夠感動人心，但有時候又會令人發瘋的標準。有銀行利益的標準，還有派系或個人方面的自私自利的標準，而我們每個人能不能變得幸福、能不能做自己真正想做的工作，這類標準卻被擺在比較後面的順位。」

舞發出「呼」的一聲，深深地嘆了口氣。

「我知道他們不喜歡我們寫的那份報告，但既然如此，就當面跟我們把事情說清楚不就好了嗎？可是無論是真藤部長、兒玉次長，還是須賀分行經理都不願意這樣做。理由只有一個，就是因為他們對沒辦法反駁我們報告書上的內容而感到生氣，不就是這樣嗎？」

相馬用力地咬起嘴脣，說道：「是啊。」接著就沉默不語了。

「換句話說他們就只是看我們不順眼而已，所以才會用這種方式，想要打倒我們，太沒品了。」

「所以咧？」

相馬開口問道。「所以要怎麼辦？狂咲，妳想逃跑嗎？」

話一說完，舞突然笑了一下，相馬因此感到毛骨悚然。這傢伙還想繼續啊——因為這個預感突然湧上他的腦海。

「不就是來找架吵嗎？只能奉陪了啊。」

「他們有狼狽不堪地逃回去了吧？」

同一時間，在蒲田車站附近的居酒屋，兩個男人隔著一張桌子面對面坐著。

「應該是這樣，真想讓您看看我在臨櫃罵花咲時她的表情是什麼樣子，但是——」

看著突然止住，沒有繼續說下去的門脇，須賀用眼神問他：怎樣？「那個花咲，真不愧是她，挺有本事的。」門脇將後面的話說完。

「哼，畢竟是分行指導組，就算年輕人不懂分寸，實力也還是在一般水準之上吧。但真的要跟我們家的川井比，我看還差得很遠很遠囉，對吧？」

雖然對方示意自己附和，但門脇還是忍不住支支吾吾地說道：

「不、不是的，經理，那個花咲坐上櫃員位置後展現的實力，川井小姐根本比不上。」

門脇接著說道：「我按照您的指示，下午兩點前都讓川井待在後面，讓花咲一個人坐鎮外匯窗口，之後也一直叫她做些很麻煩的文書工作。那些工作不是普通的量喔，一般人絕對早就受不了投降了，但她不只沒有投降，感覺還做得很輕鬆……那不是只有一點實力而已。」

「笨蛋！」

須賀開口罵道，並瞪著門脇。「那是因為她年輕，做事自然會比較快，但也只有這點可以看罷了。那些固定作業誰都會做，不用思考、不用下判斷就可以做好了，問題是需要判斷能力的事情發生時，才能真正考驗那個叫花咲的能力究竟如何……」

8

「昨天謝謝妳了。」

將號碼牌和傳票放進零錢盤後，武內露出微笑。他穿著黑色毛衣搭配CAMEL大衣。

時間剛過上午十點。昨天是結算集中日，每個月的二十日。跟昨天相比，今天來的客人就沒有那麼多。

「然後，可以幫我把這個拿給門脇先生嗎？」

他將裝在牛皮信封裡的文件越過櫃檯推過去，又補充說道：「這是昨天課長請我準備的文件，再麻煩。」

「請稍等一下。」

舞正要起身，就聽到門脇的聲音傳來：「哎呀，文件都已經備好了嗎？」

「請往這裡走。」

他帶武內前往接待室。沒過多久，應該是接到通知的須賀也出現了，他快步走進接待室。但緊接著門又馬上被打開，門脇探出臉說：

「喂，傳票處理好了嗎？拿進來。」

那是對舞說的話。沒辦法，舞只好先停下手上的作業，把傳票拿進接待室。只見分行經理須賀搓著手在附和武內的話，看都不看舞一眼。「太慢了吧？」反倒是門脇的叱責聲飛了過來，而武內卻幫忙緩頰。

「沒事啦，我本來就想說回去的時候再去櫃檯拿就好了，對吧，花咲小姐，我沒記錯妳的姓吧。」

武內記得舞的姓氏。原來如此，舞心道。就是這種貼心擄獲了妙子和其他待在這間殺氣騰騰的蒲內分行的女行員們的心。

舞冷淡地回了個招呼，正要離開的時候，分行經理須賀又叫住她。

「對了，妳，可以幫忙準備一下武內先生要辦理公司活期存款帳戶的會簽文件嗎？資料都在這邊。」

他將剛才那個信封塞給她。

「會簽文件今天就要，要趁武內先生還沒改變主意之前辦好啊。」

武內和門脇配合地笑了一下須賀無聊的笑話。

「哦，是在做保健食品的公司啊？」

相馬一臉驚訝地說道。

「好像是吧，明明給人哪裡不太健康的感覺。」

舞一臉不感興趣地說，從寫到一半的會簽文件中抬起頭，看著天花板。

「幹麼啊妳，這種會簽文件趕快寫一寫就是了，這對妳來說又不是什麼問題，而且還是經理叫妳寫的。」

「本行是會簽審核制的，我忘記是什麼時候了，但一臉自滿地說出這句話的人是相馬稽核你吧。」

「呃，是我沒錯。」

距離銀行關門結束營業已經過了一小時。

坐在舞旁邊位置的相馬小聲地問道：「妳又有在意的事啦？」

「我總覺得不能相信那個武內社長。」

「證據呢？」

相馬這樣問了之後，舞回答：「他說謊了，昨天。」

「這個我昨天晚上聽妳說過了，那個與其說是說謊，倒不如說是權宜之計。」

「嗯，我也不覺得有什麼大不了，但我就討厭他裝出一副好人的樣子。真的要說的話，在櫃檯對我破口大罵還比較適合他。」

「喂，花咲。」

相馬的口氣聽起來很傻眼。「妳都是用直覺來判斷人的吧，我覺得妳改掉這個習慣比較好耶，畢竟這世界上有各式各樣的人啊，就像妳自己不是最表裡不一的人嗎？」

「你什麼意思？」

妳自己想。對生氣的舞說完這句話後，相馬就將目光移開了。

「妳就寫這間公司會成長為能夠支持本行的親密客戶就好了。」

其實剛才門脇有來找正在寫會簽文件的舞，也碎碎念了差不多的事情。

到底是哪來的保證。她心想。

她手邊還有事先列印出來的，與武內的交易概要。

定期存款五百萬日圓、投資信託兩千萬日圓，一般存款有武內本人的一個，還有做為育兒機構使用而開的另一個。就一個有在經營公司的人的資產而言，難道只有這些嗎？不可能，應該是把大部分的資產放在主要往來的白水銀行那邊吧，武內一定是個很有錢的人才對。

更何況須賀和門脇會這麼看重他，也是因為武內擔任社長的那家保健食品公司年銷售額有二十億日圓，是前途看好的績優股。

她手邊也有那間公司的資料。

創業三年就急速成長的「武內健康堂」，以五年之內成為上市公司為願景。該社提出的營運計畫書上面是這樣寫的。照這種發展看來，這應該也不會只是夢想而已。

舞快速地翻閱著手中的各種資料，忽然在看到「存款餘額表」的時候停下動作。

荒磯之子。

武內派出來打頭陣的是育兒機構的存摺。

餘額是兩百八十萬日圓。

看到這個金額的瞬間，那深深沉在舞記憶中的什麼也蠢蠢欲動了起來。

就一間育兒機構而言，這個餘額的金額會不會太多了？

腦中一出現這個問題，她就用連線電腦查了那個戶頭的存摺的交易往來紀錄。

「這是……」

舞目瞪口呆了。

匯進存摺的帳目筆數相當多，上面有許多人的名字。一個人大概會匯二到五萬的數字，多的時候還有一天匯了將近一百萬圓的。

「稽核！相馬稽核！」

舞大聲叫他。

「幹麼啦？妳是又想到什麼了嗎？」

「你快看這個，這是武內社長照顧的那個育兒機構的存摺，你會不會覺得很奇怪？」

相馬探頭看了一下電腦畫面，原本懶洋洋的臉頓時繃緊。

「這什麼鬼？育兒機構的會費要收到這麼高啊？哎，不過可能是因為有含潛水的關係才會要收這麼貴吧。」

「是這樣嗎？」

舞又查了一下兩個月份的存入明細。「如果是會費的話，上面應該會有幾筆是從同一個孩子那裡收到的錢，可是這上面完全沒有任何一個重複的名字。」

「這部分確實很奇怪耶。」

看著歪著頭的相馬，舞開口說道：「課長，要不要調查一下這間公司？」

「怎麼覺得只要跟妳一起工作，事情就會朝向莫名其妙的方向前進。」

相馬發起牢騷。

他們搭了JR跟地下鐵，從青山一丁目車站走到地面上。往六本木的方向前進，進入住宅區。根據對方提出來的資料，武內健康堂的辦公室就在那附近大樓裡的其中一戶。

「是這裡嗎？」

那是可以俯瞰赤坂方向的坡道，一棟樓層不高的公寓就在坡道最上方那邊，相馬在公寓前停下腳步。那棟公寓非常老舊，連自動門也沒有。

「感覺不太對耶。」

打量了一下公寓信箱後，相馬開口說道。舞也看了過去，三〇三號室，信箱上面並沒有特別標註什麼，還被塞了一堆廣告傳單，滿到都要掉出來了。

「請問你們有什麼事嗎？」

管理室傳出聲音來。

「不好意思，方便跟您打聽一下嗎？」

管理員仔細地看著相馬遞出的銀行名片，開口說道：「武內健康堂？我沒聽說過有這間公司耶，而且三〇三號室已經有半年沒有人住了。」

「那請問之前住在這裡的人是什麼樣的人呢？」

舞開口問道。

「這方面涉及住戶隱私，我不方便透露。」管理員不願意多說。

「那麼，可以請您幫我們聯絡一下對方嗎？我們有急事要找。」

「沒辦法。」

管理員直截了當地說道，但在看了舞一臉認真的表情，又改口說道：「唔，看在你們是銀行的人就算了，我跟你們說，你們可別傳出去喔。三〇三號之前住的是一對老夫妻，後來不曉得被什麼人詐騙，就自殺了。」

9

「我不是說會簽文件昨天就要辦好嗎！到底在幹麼啊妳！」

隔天早上，舞才剛到分行沒多久，就被須賀叫過去了。

「因為我還做了一些調查，所以來不及在昨天寫完。」

舞直直地注視著須賀說道。

「開個戶頭而已妳也要調查？哈！妳要搞笑也給我看情況。」

「總之妳趕快把會簽給我寫出來，現在、馬上！聽到沒有？」

話一說完，正要起身離開的須賀被舞的「請等一下」給阻止了。

「要我寫會簽沒問題，但是我的結論是暫緩開戶，這樣也沒關係嗎？」

須賀的臉頰因憤怒而抖動起來。

「妳在說什麼東西！妳是要違逆分行經理的命令嗎？」

在一旁的門脇也跟著插嘴說道：「叫妳寫妳就寫，花咲！」

「就算是命令，我也無法寫出同意開戶的會簽。」

看著舞過於冷靜的態度，須賀露出挖苦的神情。

「分行指導組還真讓人傷腦筋啊，說是來支援的，結果連聽從指令都做不到耶，你說是不是啊門脇課長？」

「真是的，你們給我搞清楚狀況，我在說的就是你們兩個。」
「算了，隨便妳，妳早晚會有報應的。」
須賀意有所指地說道，接著命令門脇：「會簽延後也沒關係，武內社長馬上就要來了，先準備好本票跟支票本。」
「請等一下——」
舞還要說些什麼，但門脇卻不加理會。
「儘管交給我，這點小事我早就準備好了。」
「真不愧是你呀。」
被分行經理稱讚的門脇得意地挺起胸膛。就在這時，妙子從一樓營業廳衝了上來。
「課長，武內社長已經在接待室等候了。」
「知道了。川井小姐，剛才拜託妳的本票跟支票本是要給社長的，可以幫我拿過去嗎？」
妙子露出微笑。
「因為他說很急，所以我剛才就先拿給他了。」
「不好！」
話一說完，相馬立刻衝了出去。
須賀、門脇，以及妙子三人呆呆地望著他的背影。舞對他們罵道：

「為什麼會簽都還沒下來就交給他了！」

看她這麼生氣，三人瞬間啞口無言。

「武內——我不曉得他真正的名字到底叫什麼——但是那個男人是開戶騙子！」

「什麼？」

聽到這個措辭，門脇突然轉過頭去看須賀。須賀用詢問的眼神看向舞。

開戶騙子，也就是先騙銀行開了一個戶頭後，再把開戶後拿到的本票和支票本一起轉賣的人。是一種詐騙方式。

舞拿起手中寫到一半的會簽，在須賀的辦公桌敲了幾下。這個動作導致其他文件都被掀起，散落一地。但她並不是很在乎。她把昨天去調查武內公司的來龍去脈都說了出來。

「這裡是地獄一丁目，經理是這樣說的吧？你不是講得很了不起的樣子嗎！結果最沒有識人之明的就是你！分行經理！你的眼睛到底長在哪裡啊？你也是！」

突然被舞指著胸口罵的門脇的臉倏地漲紅起來，他身旁的妙子則呆站在原地。

一臉傻住的須賀，好不容易才擠出的話卻是：「你到底在幹什麼！」想藉由這聲斥責將責任推到門脇身上。

「不、不是啊，經理我——」

醜陋的爭執。

「夠了，你們兩個都一樣！都是無可救藥的笨蛋！」

罵完這句後，她就追著相馬衝下一樓。跑進接待室後，舞看到的是正在與武內談笑風生的相馬。

「哎呀，真是不好意思，剛好支票本出了點小差錯，我再幫您換一本。」

他在裝傻的對話傳入舞的耳中。武內看起來非常放心。

相馬將拿回來的東西「砰」的一聲丟給了舞。

「對了，武內先生，請教一下，你的本名是什麼啊？」

武內的表情瞬間凝固。

「那應該是假名吧，武內克美這個名字，武內健康堂這間公司實際上也不存在，公司概要也都是假的。我猜那對老夫妻會自殺就是因為被你詐騙了吧，事情真相到底是怎樣啊？」

「閃開！」

就在那時，兩名男人來到舞的背後，他們是警察。武內衝向接待室的門口。

他整個人朝著舞撞過去，但就在那瞬間，舞側過身去，手肘用力地敲在武內的背上。

警察撲向用力撞上辦公桌再跌落在地的武內，不過是一瞬間發生的事情。

「不過還真多虧妳可以注意到耶。」

那天回家的路上，在相馬的邀約下，兩人順道去了新宿的居酒屋。

「要是我的話，大概會直接按照經理說的，把會簽寫一寫就好了吧。」

「你不是有看到那本育兒機構的存摺嗎，我就一直很介意那個。」

「因為餘額的數字嗎？」

不是，舞搖了搖頭。「是那個名字啊。」

「名字？」

「我之前在銀行的防範犯罪通知上，有看過用保健食品詐騙的，販售那個保健食品的是一個非常漂亮的女人，只要喝了這個就會像我一樣漂亮喔，上面還特別強調了這句話。那個女的大概就是武內的情人還是什麼吧。我只是想起了那個女人的名字，就是這個名字。」

舞壞心眼地看向相馬，在桌上的餐巾紙上寫下一個名字。

新井苑子。

「懂了嗎？」

「什麼啊？」

相馬呆若木雞地張著嘴。舞在那個名字旁邊又寫下另一個名字。

荒磯之子（註5）。

「匯款的時候不是都會寫片假名來指定收款人嗎？換句話說，荒磯之子就是新

註5　原文的「荒磯の子」與「新井苑子」的日文假名發音相同。

井苑子。那個男人拿來的存摺，上面記錄的匯到戶頭裡的錢，全部都是用那個保健食品詐騙賺來的。那些被騙的人要是知道新井苑子其實是個男的，應該會非常驚訝吧。」

超付

1

分行的鐵捲門發出生鏽的金屬聲。花咲舞在分行指導對象原宿分行迎接最繁忙的二十五日。

這間分行面向有許多知名大型商場的表參道，然而內部卻與華麗的街道相反，發出生鏽金屬聲的鐵捲門才剛閉上，整間銀行就充滿了肅殺的氣氛。

「窗口，趕緊核對！」

營業課長吉田英二的指令響起。

窗口，也就是臨櫃的意思。

沒有人回應。不，是他們連回應的時間都沒有。

舞方才一直在充滿顧客的臨櫃辦公區指導著傳票的統計作業，她看了一眼隔壁櫃檯正在敲著鍵盤的中条美由紀的側臉。

這是美由紀進到銀行的第二年。之前那一年她都是在臨櫃後方做協助作業，今年才進到臨櫃組，是『初出茅盧』的櫃員。對這隻剛長出翅膀沒多久的雛鳥而言，今天或許是超級忙碌的一天。在大戶人家長大的小姐臉上不由得慘白，就好像是貧血了。

「怎麼樣，數字有對嗎？」

「嗯……應該有。」

美由紀的回答聽起來很不可靠。

這孩子沒問題吧？

「應該有」這個回答是要人怎麼辦呢，舞沒將這句話說出來，只是俐落地撥了一下及肩的長髮。敲打計算機的聲音、唱誦傳票的聲音、接連不斷的電話聲，殺氣騰騰的氣氛中，只有時間一分一秒地過去。

在這之中，有條不紊地處理著數字核對的舞，在銀行關門後不到十分鐘就已經「關上」一個櫃檯了。與其說她個性就是這樣不給人面子、又或是應該說坦率，總之受到大家認可的美女櫃員發揮了那份實力，會被選為事務部分行指導的人果然有她的實力在。

「哎呀呀，這不是做得很好嗎？」繞來協助美由紀的舞心道，與此同時，對方也在不知不覺中將作業整理好了。雖然看起來不太可靠，但美由紀還是將工作好好完成了。這樣她以後應該也沒問題的。

「諮詢組的狀況還可以嗎？」

吉田課長的聲音傳來，美由紀高聲說道：「完成了。」同樣是指導組的相馬也開口說道：

「呦！狂咲，我看妳很輕鬆嘛。」

「那當然。」舞不客氣地說。她看向坐在連線電腦前，以誇張的語氣喊出「好，接下來是所有數字的核對喔！」的吉田被幾位行員圍在一起的樣子。

過不了多久，「正解！」喊出這句話的同時，吉田也拍起手來。

每間銀行有各自核對數字的方法。東京第一銀行的做法是將輸入完所有傳票後再像這樣確認，分別安排人確認當天輸入的傳票的「入」跟「出」是否正確。而所謂的正解，是從珠算的『正確解答』沿用過來的。

然而就在那時——舞注意到正在收尾氣氛的營業課之中有一個慌張的背影。

那是高階櫃檯，也就是負責一般存款及支票存款帳戶櫃檯的櫃員，中島聰子。負責存款和外匯的股長，島本直美一臉擔心地偷瞄著她的背影。

「發生什麼事了嗎？」

「大概吧。」

在分行指導時，就算分行遇到了什麼工作上的問題，不會馬上出手是相馬的一貫作風。雖然分行和本部屬於同一間銀行，但彼此還是會互相隱瞞，只給對方看到好的那面，兩者之間存在著這種隔閡之「牆」。再說他們是以分行指導組的身分來的，分行的行員更不想讓他們「看到出差錯的地方」也是很理所當然的。在對方主動向他們說些什麼之前，就先裝作不知道，這也可以說是相馬一貫的貼心做法。

今年是聰子進銀行第十年，她已經是資深行員了。據人事部那邊的資料，她做事非常認真，營業課的女行員都覺得她是很嚴格的前輩，是就連被她看一眼都會感到畏懼的存在。

「現金嗎？」

站在島本股長身後的吉本的聲音就是在那個時候傳來的，舞抬起頭來。

「有多少？」

那句話是這樣問的。

一百萬，島本回答時還刻意壓低了音量，但連舞都聽得非常清楚。

怎麼了嗎？但是她不能輕易開口發問，所以舞只是遠遠地看著這邊的狀況。

每個櫃員都有一個現金袋，保管裡頭的現金也是由他們各自負責。

就算現金對不上，但對方可是資深行員聰子，應該不會有問題吧——舞沒有將這件事情放在心上，但在那之後過了一個小時，剩下的業務作業幾乎都要完成的時候，聰子的櫃檯始終沒有關上。那場騷動似乎變得有些嚴重，外匯部全員都圍在聰子的身後，終於連營業課長吉田也面有難色地向相馬說明整件事情。

「對不起，我這裡的現金不夠……」

「不夠多少？」

「一百萬。」

剛才暫時進入包圍聽子的人圈的相馬走出那裡，「那邊也幫忙找一下。」說完這句話後，他便開始拉開諮詢組櫃檯的某個抽屜。

錢怎麼可能會出現在這裡。

儘管這麼想著，還是避免萬一而試著找了一下。

沒找到。

「垃圾桶看了嗎？」

舞問吉田課長。之前偶爾也發生過沒有注意到紙袋裡面還有錢就拿去丟，又或是把現金直接放進垃圾桶。總之人在忙碌的時候，總會不小心做出平常難以置信的事情。

「垃圾桶剛才田口小姐已經找過了。」

和聽子同為外匯組的相澤京子開口說道。田口芳人是在原宿分行工作的經辦人員。吉田對相澤和同是外匯組的齋藤茉莉奈兩人下了指令：

「可以幫忙去看一下地下室的垃圾嗎？」

兩人明顯露出不願的神色，但還是面有難色地往地下室的垃圾場走去了。就是怕有這種情形，所以銀行的垃圾都會保留一個禮拜。

「聽子小姐，可以借我看一下現金的解約退款票據嗎？」

舞開口問道。

「麻煩妳了。」

聽子將一疊傳票交給舞。原本個性就高傲、比別人加倍嚴謹工作的聽子露出自己怎麼能有這種失敗的懊悔表情。

那疊傳票有超過一百張。

因為正逢二十五日，所以出帳也較平常增加。

舞將那疊傳票分為兩個種類。

一個是用數鈔機算出來的錢，另外一個是『手數』，也就是不用機器，而是聽子自己算出來的錢。傳票上標示用手數的總共有六十張左右。

她將其中一半拿給相馬，一張一張看起來。在這段期間，去垃圾場找錢的搜索部隊二人組也回來報告了：「沒有看到。」

本來就不可能那麼容易找到。終於——

「這張好像有點奇怪？」

吉田課長看了一下相馬挑出來的傳票，放聲大叫：

「啊！就是這個，絕對是這個！」

從椅子上起身的聽子用力地咬著唇瓣，感覺馬上就要哭出來了。

「對不起。」

她以蒼白的唇瓣說出這句話，並沒有特別針對哪一個人，但也沒有任何人給她回應。

「YellowChip？好像有聽過耶。」

吉田念出傳票上的公司名稱。

YellowChip 股份有限公司，傳票內容是那間公司從一般存款領了將近兩百五十萬圓。

吉田把傳票翻過來看。

糟糕——舞將這句話吞了回去。

聰子在傳票背面金額欄「一萬圓」的地方寫了個「2」。

也就是有出兩疊一萬圓鈔票的意思。

問題是「覆核」那欄印鑑是空的。

這違反了手續程序——

在東京第一銀行，存款人要提領現金時，如果行員是不使用機器出款的話，就必須「覆核」防止出錯。換句話說，就是必須經過誰再次確認的程序。

而聰子怠慢了這點。

「覆核怎麼沒蓋章？」

吉田用責備的語氣點出這個錯誤，讓本來就非同小可的事情在現場聽起來又變得更加嚴重。

「對不起，因為股長中午的時候人不在，我就直接這樣出款了。」

結果還出錯錢。

兩百五十萬的解約退款是 YellowChip 這家公司指定的「鈔票類別」。

總額並非都是一萬圓鈔票，一萬圓鈔票只有一百九十萬的部分，剩下六十萬圓有的是千元鈔票，有的是硬幣，對方是這樣指定出款的。

換句話說，一百萬圓的鈔票不應該是兩疊，而是一疊就好。

這是經常會有的失誤，這樣說其實也很合理。

只是，如果有經過「覆核」的話，就可以避免這種事情發生。

「多給錢了嗎？為什麼會發生這種事啦！」

吉田的話裡夾帶著「嘖」的一聲，讓儼如凍結般的現場又染上一層冰霜。

2

「查一下他們有沒有融資往來。」

在吉田課長的指示下，島本股長在查了連線電腦後馬上回答：「有。」

在吉田的呼叫下，沒過多久一名融資課的男行員小松薰，面有難色地下樓來。

「真傷腦筋，是多給錢了嗎？」

過來的小松毫不掩飾地說道。

「小松，你知道是哪間公司嗎？很常來往嗎？」

「可以這樣說，畢竟也是跟我們借錢的顧客。」

他本來想說些什麼，但看到一臉打擊的聰子，表情也變得尷尬。

「我想打電話給對方問問看，應該可以吧？」
「應該沒關係吧，社長也是年輕人，不是會在意這種事的人吧。」
小松一臉不耐煩地回答。根據事前資料的分行名冊，小松是入行第三年的行員，言語之間似乎有種融資部門在營業廳中是最厲害的這種錯覺。
「來銀行辦事的都是社長本人嗎？」
「對，因為社長都自己盯會計的部分。」
「我知道了。」
吉田一臉僵硬地拿起辦公桌上的話筒。「非常感謝您今日前來本行辦理業務，請問是社長本人嗎？其實有件事非常不好意思，就是您來辦理業務的時候，因為本行的疏失好像有多給您現金……是的，金額是一百萬，因為您要求提領的鈔票面額不一樣，似乎因此不小心多給了您一疊鈔票。」
一陣沉默。
吉田按住話筒，表情有些安心下來，接著他開口說：「裝現金的那個袋子好像還沒有打開過。」假使如此，錢應該就在袋子裡面吧。可以看出他的這種期待。然而他的表情馬上就黯淡下來。
吉田一言不發地拿著話筒，可以聽到話筒另一端傳來對方說了什麼的聲音。
「是這樣啊……」
馬上露出一臉失望的吉田這樣回應對方後又接著說：「不好意思突然打電話打

擾您，我這邊再確認一下。」

掛上電話後，他環視圍繞著自己的下屬們。

「他說沒有多的錢……」

半信半疑。

對方都這麼說了也只能這樣，畢竟也沒有任何證據。

「那個三上社長是怎麼樣的一個人？」

過了一陣子，吉田開口問道。

「是個很年輕的社長喔。」

小松回答。

「很厲害的人嗎？」

小松歪了歪頭以表示回答，看來他的評價是還沒有到那種程度。

「用英文命名的公司耶，這間公司是在做什麼的？」

是在做電腦批發的。小松如此回答。聽說他們有在網路和電腦雜誌上刊登廣告，電腦的主要販售對象以中小企業為主。

「那業績好嗎？」

「去年不好不壞，今年就目前的情況看來，我覺得應該多少有虧損。」

「虧損嗎？」

吉田意味深長地說道，又喃喃自語著：「那就是不太好囉。」

「既然如此，要不要調監視器畫面確認一下？」

相馬一派輕鬆地開口提議，他的語氣和現場的緊張氛圍有些格格不入。「說不定會有拍到交付現金的畫面。」

他們一起去了放置監視器影像的地方，在影像播放器設定了當天的錄影。相馬一按下播放鍵，畫面就出現了那天營業廳的黑白畫面。畫面左上角有標示時間。印刷在傳票上的作業時間是十二點二十五分。

影像往那個時間推進，所有人都盯著畫面。

島本開口問道。聽子指向坐在等候室沙發上的一名男人。

這個人昨天的確有來銀行，舞回想起來了，她對那個人有印象。印象中那個人穿著紫色的垂感西裝，搭配一條很時髦的領帶，怎麼看都覺得不太正經。與其說是公司社長，乍看之下還比較像牛郎。

「是哪個人？」

畫面又跳了幾個，三上的身影消失，過了幾秒後又回到畫面中。

這次他已經站到櫃檯前，辦理他業務的人是聽子。剛好就是拿錢的畫面。

當放著現金的零錢盤出現在櫃檯上，吉田也按下了『暫停』鍵。

所有人的目光都集中在零錢盤上。

眾人就這樣沉默了幾秒。舞也數了幾次模糊地映出幾疊鈔票的畫面。

如果是三上指定的鈔票類別，就會有三疊一千圓和一疊一萬圓的鈔票，其他的都是硬幣。換句話說，應該要有四疊鈔票。

然而，出現在眼前這臺小螢幕上的鈔票卻是——

「果然看起來就是有多一疊啊，不會有錯，就是這時候多給錢的。」

吉田說完之後又接著說道：「那個姓三上的社長說謊。」

3

事情一弄清楚後，這場風波也演變成風暴了。

因為超付引發的現金意外，分行將受到總行的嚴懲。會影響業績考核，也就是分行的考績，這件事嚴重到關乎全體員工的獎金多寡。

「不管怎樣都要把錢拿回來！」

分行經理園田和彥下了嚴令。

「我去拜訪一下三上社長。」

副理河本基與吉田一同公出是在早上七點的時候。中島聰子也穿著制服離開分行，跟著他們一同前往。三上的公司位在距離原宿竹下通不遠的一間大樓內，步行大概十分鐘的距離。

「不曉得事情順不順利？」

沒問題的啦，相馬樂觀地對擔憂的舞說。

「再說監視器不是都錄到了嗎？他沒這麼容易裝傻啦。要是他還是不認，我們就威脅他說要報警，這樣他總該罷休了。」

然後，在那之後大約過了一小時，一見到歸來的三人的表情，舞就明白這場交涉終究是失敗了。

「他堅持現金袋裡面沒有多餘的錢。」

吉田一臉忿忿不平卻又無可奈何地罵道。「對不起。」聽子沮喪地道歉，但吉田卻像是沒看見一樣衝上二樓，準備討論接下來的對策。

看著最後還是掉下眼淚的聽子，島本的表情也是一臉都是聽子害的的感覺。結果分行的所有人都失去餘力來包容她犯下的錯。

工作就像是在打電動——

這是銀行裡，管理階層經常對下屬說的一句話，但那不過是行有餘力時的權宜之計罷了。

就算是在打電動，也是賭上出人頭地的賭博遊戲。這就是銀行這個職場的本質，如果在這裡跌倒，可沒有辦法笑一下就能參加敗部復活賽的規定。

「結果怎麼了？」

確定聽子已經冷靜下來後，舞向她搭話。

「三上社長打死不承認有多拿錢。」

「那監視器的影像呢——？」

「我們有帶過去給他看，但是他說他看不出來有。」

他說他也確認過放現金的紙袋了，沒有看到有多給的錢。

「我猜他可能拿到現金的時候就注意到有多出來，然後就拿走了吧。」

聰子武斷地認定，但她也毫無辦法，對方就是不承認。

有一種說法是，顧客的品質即銀行的財產。東京第一銀行原宿分行的客戶有很多都是從很久以前就一直來往的公司，如果事情是發生在這種公司上，錢大概都能被歸還。但這次是例外，因為YellowChip和他們交易也才沒幾年。

反過來說，就是因為對方是這種關係的客人，才必須要更謹慎。如果是很熟的顧客，就算犯錯也可以補救，還能得到對方的原諒。但如果是才交易幾年的客人，用什麼藉口幾乎都無法挽回。

然而，這種事沒必要特別跟聰子交代。

她再清楚不過了。

實際上有各式各樣的客人會來銀行，她做櫃員那麼多年了，哪個客人是最危險的，這種事應該要非常清楚才對。

而且，誤判的結果也不是可以一笑置之的簡單失誤。

吉田和島本兩人臉色蒼白地走下樓，看來他們應該被分行經理罵得很慘。他們的身後則是提著公出用公事包的小松。

「那就麻煩你了。」

吉田目送他離去，小松一臉非常不滿地出去了。

看來小松是要再去拜訪對方一次。

「要換個人再試一次嗎……？」

好奇對方是否有這麼軟弱的舞一說完這句話，相馬便回答：「可能想用貸款的力量來壓對方吧。」

「那說不定會有效。」

然而——相馬的猜測落空，小松才出去不到三十分鐘，就拖著沉重的腳步空手而歸了。

三上還是堅持說他不知道，最後還非常不客氣地把小松趕回來了。

「萬事皆休了啊。」

聽到小松精疲力盡地向上報告後，相馬喃喃自語道。

4

時間來到晚上九點。

營業課所有人，包含新人都留了下來，大家都一臉擔憂地對望著。

就在那時，剛才在分行經理辦公室商討對策的吉田一臉嚴肅地下樓來，向眾人宣布：

「現在開始私人物品檢查。」

現場一片譁然。

「先找一下其他有可能的地方，之後再檢查比較好吧？」

吉田瞪了一眼忍不出開口發問的舞，接著說道：「這是經理的指示。」

相馬的眉毛變成了八字形，好像很想說：別生氣啊狂咲。

「請等一下，你們也太不把行員的隱私當回事了吧？」

什麼？吉田的臉氣得漲紅起來。「對不起，花咲小姐。」舞被這句話嚇了一跳。

只見聰子哭著看向她。

「都是我不好，但要這樣做才能證明我真的有多給錢，對不起。」

舞默不作聲，吉田得意地抬起下巴，開始一個個檢查課員們的私人物品。

私人物品檢查甚至還殃及到三樓休息室的置物櫃。

令人感到憂鬱的檢查作業。

雖然女子更衣室置物櫃的檢查是由島本負責，但在最後一個置物櫃關閉的瞬間，不知道是誰嘆了一口氣，令人覺得這漫漫長夜又變得更長了。

「沒有找到。」

吉田報告檢查結果後，河本副理一臉彷彿被宣告死刑的囚犯一般。

「這件事真不好辦啊。」

他的眼神突然瞄向往二樓的樓梯，應該是在思考要怎麼跟園田經理說明吧。分行經理園田是跟他同期，跑在前端的總行菁英。相比之下，河本則是半年前被提拔上來協助對現場狀況不清楚的園田。他是四十五歲，也比園田大上三歲。相較於身為優質菁英的園田，河本則顯得土氣——不曉得是不是這個關係，園田對河本的態度也很冷淡。這樣的關係，就連只來分行指導幾天的他們，也多少可以感覺得出來。要說銀行的分行經常會有這種事也沒錯，但某種程度上也可以說是霸凌。沉浸於過剩菁英意識的園田，對在營業廳工作的銀行員河本有種藐視與優越感，會這樣可能有很多原因，但毫無疑問的是，河本因此感受到了巨大的壓力。而這樣的人際關係，在這起超付事件中又多了新的陰影。

「該怎麼辦啊？」

河本抬頭望向牆壁的時鐘。

「社長還在公司嗎？」

聽到河本的喃喃自語後，吉田撥打了今天不知道第幾次的電話過去。他按住話筒說：「還在。」

「幫我問社長我現在能不能過去。」

吉田照實傳達了這句話後，話筒那端傳來的怒吼聲連舞都聽得一清二楚：「你們有完沒完啊！」

「您會有這種反應是很正常的，但是啊——」

對方又說了些什麼打斷了吉田的話，感覺已經到達憤怒最高點了。「是的，真的很抱歉，啊、那個、可以請您等一下嗎？」

他用手壓住通話口，回頭看向河本。

「他說沒必要再見面了吧。」

這次由河本自己拿起電話。

河本一味地說著「請給我一點時間」，雙方爭執到最後，河本強硬地跟對方約了時間，留下一句「我過去了」之後，就跑出分行了。

不知道是誰嘆了口長長的氣。

聰子頂著一張疲倦的臉，精疲力盡地坐在自己的位置上。

「那麼，跟這件事情沒有直接關係的人就先回去吧，辛苦大家了。」

吉田話一說完，大家便慢吞吞地開始動作。

「啊、管理階層和中島小姐都要留下。」

不用他說，聰子也沒有要移動的意思。

「欸，妳也跟著回去吧，狂咲。」

相馬向看起來有些迷惘，不知道該做什麼的舞說道。「妳留下來對事情也沒幫助，今天就先這樣吧，辛苦了。」

5

「妳覺得拿得回來嗎？那筆現金。」

走出分行後，美由紀開口問道。

「不曉得耶。」

從目前發生的事看來，三上社長絕對把那筆超付的現金占為己有了。但是——

「所謂的現金，在移交的瞬間就結束了喔。事後才說那個時候應該有多少也於事無補了。在給客人現金時沒有確認好數字是非常致命的。就算後來說多了一百萬，我們手上也沒有證據。那個錄起來非常不清楚的監視器影片是沒辦法當證據的，只要對方不承認，我想錢應該是不會回來的。」

再說，看剛才通電話的樣子，銀行和三上社長之間的氣氛也變得很惡劣。

「聽子小姐真可憐，這樣不就很難解決了嗎？」

話雖如此，隔天早上——

「拿回來了？」

舞對這個意外事實感到非常驚訝。

剛從更衣室下樓來到營業廳的舞，看到聽子在大家對她說「真是太好了」的時候，露出複雜的笑容。她看向相馬。

相馬對她聳了個肩，開口說道：「聽說是今天早上副理去拿回來的。」

「那就是說，三上社長承認了嗎？」

「應該是吧，大概。」

「大概？」

「昨天晚上的結果是談判破裂回來的。然後今天早上，好像是河本先生又去了一次，才把錢拿回來了。」

真是執著耶，相馬說。

「如果是那個人的話，或許是他強逼對方承認的。但也可能是三上社長睡了一覺後，自己也覺得這樣下去不好吧。」

「是這樣嗎……」

昨天打死都不承認，怎麼今天一早就突然認了？雖然想不通，但沒有什麼可以比錢拿回來還要好的了。

「總之這件事終於塵埃落定了。」

相馬拍了一下她的肩膀，舞也點頭贊同。然而那天下午，事情的走向又變得有些奇怪了。剛才提到的那個三上來到銀行。

繼昨天的事，他匆忙地快步走進銀行，抽了張號碼牌。剛好擔任櫃檯業務的舞沒想到會這樣與三上隔著窗口面對面。

「您好，請問要辦理什麼業務？」

舞露出職業笑容迎接三上。

三上一臉不悅地從皮包拿出存摺和一疊契約文件。

「我要把這些全部解約。」

裡頭還包含信託基金。舞看著對方不高興的表情，開口問道：

「要跟您說明一下，中途解約的話會造成定存利息損失，另外信託基金的部分也是。」

舞敲打著手邊的鍵盤。

預料之中，本金也會損失。雖然覺得糟了，但還是得說出來。

「無所謂，都解掉。」

三上毫不在乎地回答，並接著說：「我不想再跟你們銀行有任何關係了。」

那起超付事件大概就是他解約的理由吧。舞敲打著電腦，確認他是否有信用貸款。

預料之中，三上的公司 YellowChip 還有一些貸款在。

「請您稍等一下。」

舞打了內線電話給負責人小松。因為如果有貸款卻隨便解掉定存還是什麼的話，事後是會被融資課罵的。到時候要是聽到「我以為用擔保就可以借」就無法挽回了。

「YellowChip 的三上先生要申請定存解約，我幫他處理可以嗎？」

「隨便。」

小松的回覆聽起來很敷衍。

「我們這邊只有全保，他之後想追加貸款也不可能了。和副理討論後，大概也會漸漸取消和對方的交易，既然如此，只希望他可以趕快把貸款還一還就好。」

所謂的全保，即附有信用保證協會的支付保證的貸款。萬一交易對象倒閉，保證協會也會替他償還貸款，對銀行來說是沒有風險的借貸。

三上一臉不高興地打量著她，舞將身子轉回來，開口說道：「不好意思讓您久等了，現在開始為您辦理。」

她伸手拿起放在櫃檯上的存摺。

存摺共有三本，一個是三上本人的，還有三上桂子及三上奈美，應該是他的太太和女兒。

三上桂子的戶頭裡有五百萬左右，奈美的戶頭則是每個月會存五萬元進去，現在有將近兩百萬。

三上一面寫著舞交給他的解約申請書，一面抱怨著。

「你們的副理真的很爛，竟然隨便把客人當作小偷。」

舞也只能含糊地應了幾聲。

現在銀行裡所有人都知道三上偷了一百萬，並在河本的勸說下才承認。不出所料，一發現三上在這裡，大家都時不時就對這邊投以好奇和厭惡的目光。

看來他是想裝傻到底啊。

舞的心中一直想著這些事，她在三上還在填表的時候拿起存摺，那是三上桂子的存款戶頭。就在那時，舞注意到了一件事，她開口說道：

「那個——三上先生。」

三上抬起頭來，表情像是在說：怎樣？

「這個戶頭是您太太的薪資戶吧？請問薪資那邊已經更改匯款帳戶了嗎？」

如果還沒更改的話就會發生作業錯誤，後續會變得很麻煩。

「我忘了這個啦。」

三上發出「嘖」的一聲。

「您太太是在三上先生的公司上班嗎？」

應該就是這樣沒錯，如此想著的舞開口問道。沒想到三上卻說出令人意外的回答：「我太太是老師。」

「她在私立高中當老師。對吼，還得跟學校那邊知會一聲，我完全忘記了。」

「這邊會建議您先處理完那邊的手續再來辦解約比較好。如果有需要的話，我再請小松先生把文件送過去。」

舞一邊說著，一邊拿起三上本人的一般存款存摺翻了一下。

三上每個月會從自己的公司拿到五十萬元的薪水，從那之中扣掉水電、瓦斯等費用。每個月的二十五日會領出大概是生活費的二十萬圓。信用卡扣款是在每月的十日，也都有好好付款，沒有拖延過。信用卡金額的總花費也不多，大概每個月十萬上下。

一般存款的餘額現在還有兩百萬左右，除此之外，三上本人的定存存款餘額還有一千萬以上。

一點都不奢侈，而是很踏實地花在家用上。

雖然乍看之下會以為他是牛郎，但這個人絕對不是會胡說八道的人。

確實，他這個老闆經營的無疑是那種風吹就倒的小企業，而那間公司的業績可能也不是很好，但這個男人是非常認真在過日子的。

只從外表去評斷三上這個人，或許會對他出現誤解。舞在心中小小反省了一下，突然又產生了個疑問。

有那種工作穩定的伴侶，又一直在為年幼的女兒存錢，這個人真的會去偷現金一百萬嗎？

就在那個當下，舞因為三上的意外之言感到驚訝。

「結果那個錢有找到嗎？」

「您指的是？」

她不自覺地壓低音量。櫃檯對面那雙看著自己的雙眼充滿著焦躁。

「我是在問妳，那個一百萬有找到嗎？不曉得是多付給誰了吧？你們的副理是這樣說的。」

「嗯，是這樣沒錯……」

舞不曉得該怎麼回答，只好含糊帶過。難道就要這樣結束了嗎？但是好奇心已經被引起的舞沒有辦法不開口問。

「請問您跟河本說了些什麼呢？」

「說了什麼？」

三上開口罵道：「他就說，把你偷走的一百萬拿出來，我根本不曉得發生什麼事當然拒絕了，結果他還是一直在那邊說什麼監視器錄影帶的，完全不肯罷休，最後我也火大就說不然報警啊，然後他就閉嘴了。不要以為我們公司小就好欺負啊，你們家的副理！」

「非常抱歉。」

舞注意到這起事件背後隱藏的真相了。

6

「那件事到底是怎樣啊狂咲？」

下班後，舞將三上說的話都告訴了相馬。

「就是說，那一百萬根本不是三上社長歸還的啊，但是副理卻向大家說明是從三上社長那裡拿回來的。這怎麼想都很奇怪。」

「但那一百萬不是三上社長拿走的嗎？」

相馬開口說道。是啊，舞也是卡在這點百思不得其解。

「如果，三上社長不是犯人的話呢？」

這句話是對著相馬說出來的，但更像是自問。

「可是，妳不是也看到監視器裡有錄到多給的錢嗎？」

「是沒錯……」

但是不能想成是哪裡出了問題嗎？之所以會判斷為超付，也是因為從模糊的影像中看到多了一疊鈔票的關係。她以自己一直在接觸錢的職業行員第六感去思考這件事。

「如果我是三上社長，或許會覺得很丟臉吧？」

相馬說完後又接著說：「畢竟又不能直接說是自己偷的。」

「可是我總覺得他沒有說謊耶。」

三上是真的很生氣，而且是很認真在問後來的情況，那個絕對不是裝出來的。舞每天都會接觸各種客人，是虛張聲勢還是正直不阿的人，稍微講一下話就能知道了。他的那雙眼睛中並沒有猖狂。舞用自己的雙眼去看，要說三上和河本誰比較能夠信任的話，老實說是三上。就算河本才是屬於自己人的銀行行員，她總覺得河本『隱藏』了什麼事情。

「再說，不就是因為三上社長還了自己偷的錢，一百萬才會回來的啊。如果是三上以外的人拿走的話，河本副理應該會說吧。」

「又或是，他可能有什麼理由不能說……」

這次換相馬傻住了。

「什麼？是會有什麼理由不能說？」

「比方說——業績。」

舞接著說：「如果是因為超付導致現金一百萬消失，這間分行的評價就會一落千丈。不只如此，分行經理和副理的經歷也會染上汙點。不能想成他們是為了避免這種情況發生嗎？所以才必須要隱瞞這件事。」

一聽懂舞想表達的意思，相馬便慌張起來。

「喂喂，妳在說什麼啦，狂咲，妳這傢伙該不會——」

「不，絕對是這樣子吧。雖然他說那一百萬是從三上社長那裡拿回來的，但其實不是，是河本副理自己拿錢出來補的呀。」

隔天，舞用連線電腦調查了河本基的戶頭。

結果有兩個，一個是薪資戶，一個是一般存款帳戶。

接著她將這兩個戶頭的往來明細都調出來看。

「果然是這樣。」

河本的一般存款帳戶在那天提領了五十萬。

那剩下的五十萬呢？

舞突然靈機一動，又接著調查了營業課長吉田英二的戶頭。找到了，這次是三十萬。兩個人加起來是八十萬。

還有二十萬──

照這種發展，要找出下一個人應該很簡單。股長島本直美十萬圓，還有超付的始作俑者中島聰子的戶頭也提領了十萬圓。

「原來是這麼一回事啊……」

正當舞在喃喃自語時，背後突然出現了一個人。是相馬。

「稽核──」

相馬制止她接著說下去，面有難色。

「妳什麼都不要說，現在從島本股長開始都被叫進去面談了。」

「是河本副理的命令嗎？」

舞開口問道。

「看起來應該是吧，這是『連帶』工作。」

「園田分行經理知道嗎？這個工作。」

不知道，相馬搖了搖頭。

「怎麼辦？稽核，我們要這樣裝作沒看見嗎？」

「是啊，怎麼辦咧……」

相馬不知道該怎麼回答提出問題的舞。

一旦這個隱瞞作業曝光，對原宿分行來說就是大大的扣分，恐怕今年的業績考核也很難會有什麼表揚吧。不只如此，除了園田和河本，島本和多給錢的當事人聰子一定都會被下什麼處分。這件事就是這麼嚴重。

舞看著舉止若無其事的聰子，正因為是自己犯下的失誤，所以才沒辦法拒絕河本的要求吧。

在發生超付的時候，日本的銀行並不會要求當事人補償。

應該要有的錢卻發生不足的時候，讓行員拿自己的錢補上，或是從客人的現金裡抽走一筆，這類做法在銀行裡是嚴格禁止的。

然而河本卻罔顧這點，逼迫對方將錢交出來，是因為他認定這樣做比較有利。只要拿錢出來讓事情順利收尾，這樣他還有機會升官，所有事情都能圓滿——

所以他才打算這樣欺瞞舞等人，讓事情過去。

在忙亂不堪的營業廳裡，只剩一個人，聰子就可以結束接待作業了。舞正打算站起身叫她時，突然注意到了一件事情。

「謝謝您。」

聰子遞出去的零錢盤裡。

有存摺、領出的現金，還有——

面紙包。

突然想起什麼的舞操作起連線電腦，注意到某件很唐突的事實。

「原來是這樣啊——！」

舞回過頭去看那位還在發呆的上司。

「我可以再看一次那個監視器影片嗎？我想看三上社長要拿現金的那個畫面。」

7

「喂狂咲，妳到底想幹麼啊？」

按下第三次播放鍵的時候，至今一直保持沉默的相馬受不了地開口問道。

「是面紙包啊。」

舞回答。

「面紙？」

他再次將目光放回螢幕上，剛好也播到了那個場景。三上走近櫃檯，拿了存摺，聽子將現金遞出的畫面。接著是離去的三上的背影。但畫面中到處都沒有聽子應該有遞給客人的小贈品面紙包。

按下暫停鍵的舞對相馬說道：

「聽子小姐是一定會拿小禮物給熟客的人，雖然不會給初次見面的客人，但只要是來銀行辦理過業務的人她一定會給，可是這裡卻都沒有錄到那個，你覺得是為什麼？」

相馬想了一下，卻想不到答案。

「就忘記給了啊。」

「不對，她不是那種健忘的人。這只是我的推測，那些看起來像是鈔票的，裡面有一個其實就是面紙包吧。」

相馬慌忙地倒轉影像，以銳利的目光盯著相同的場景。在櫃檯上出現零錢盤的時候按下暫停鍵，注視著粗糙的畫面。

畫面非常不清楚，是很模糊的影像。

所以不能很明確地說是怎樣。但就算不能說——

「也就是說，多給錢的對象並不是三上社長嗎？」

「大概。」

聽到舞的回答，相馬「喂喂喂」了幾聲，語氣聽起來像是在開玩笑，但眼神卻十分認真。

「那天，也沒有其他疑似超付的對象了啊，很明顯就是YellowChip的取款憑條上有失誤，要說超付的話就只有那個。」

「我也是這麼想的，所以，也許一開始就沒有超付這件事，你覺得呢？」

舞直搗問題核心的一句話讓相馬倒吞了一口口水。

「妳啊，妳知道自己現在在說什麼嗎？」

舞一言不發，只是拿出剛才用連線電腦印出來的文件給他看。

那是中島聰子的一般存款帳戶的交易明細。

「這個怎麼了？」

「我本來只想看昨天的交易明細，後來又改成網路銀行可以抓到的，這一整個月的交易明細，你看一下她的信用卡帳單金額。」

相馬驚訝地瞪大眼睛。

因為光一間信用卡公司就要還超過八十萬。不只如此，還有看起來像是信貸公司的三筆分期付款扣繳，共四十萬，最後應該是貸款的償還再扣十萬圓。

「我認為聰子小姐現在是多筆債務纏身的狀態。」

相馬沒有回答，他已經目瞪口呆。

「那個一百萬並不是多給的，而是聰子小姐偷走的吧。」

8

調查聰子帳戶往來交易明細的舞發現了幾件事。

聰子開始無意識亂買東西可以追溯到距今約三個月前。現在的聰子每個月要償還將近兩百萬圓的借款，她因此解了定存去付那些錢，而她的定存金額現在也所剩不多。

從外表完全看不出聰子會是那樣的女人。

她很可靠又很聰明，還是個誠實的人。雖然上班的時候給人感覺很嚴肅，但其實是時刻保持樂觀進取的態度的好前輩。甚至連因為這幾天的分行指導才接觸到她的舞都對她感到很尊敬。她一點也不像是會打銀行錢的主意的人。儘管如此——

究竟是什麼讓她變得如此瘋狂？

舞帶著一個複雜的表情注視著正乾脆俐落作業著的聰子。

舞很希望有什麼可以否定自己推理的東西出現，但在一件件事實出現之後，反而更加深了她對聰子的懷疑。

她故意讓大家以為是她弄錯憑條上要的鈔票數量，又沒有「覆核」就把錢交出去。把面紙包夾在鈔票之間，也是為了讓監視器替她作證。

而她偷走的現金就趁之後的午休帶出去，藏在哪裡的投幣置物櫃之類的，這樣私人物品檢查的時候當然也不會被找到。

她就是犯人——可是，如此確信的舞卻有個怎麼都想不透的問題。

那就是動機。

她為什麼會變成這樣的理由，這點目前還無從得知。

下午五點，估計業務作業差不多要結束時，島本與吉田兩人被河本副理叫到二樓去。

因為相馬將聰子的負債狀況向上報告了。

「沒辦法呀，我又不能裝作不知道。」

被舞瞪著的相馬小聲地找藉口。「這下她提出的職位調動也可能不會成真了。」

「稽核，你剛才說的是職務調動嗎？她有申請嗎？」

舞驚訝地問道。職位調動指的是從一般職員升階為管理階級。

她記得升遷考試是在三個月之前，應該已經辦完了。但是，聽子落榜了。

「原來是這樣啊……」

如果是聽子小姐一定沒問題的吧——對於那個考試，明明大家都是這樣想的。

隨著這份複雜的心情，舞也明白了聽子的精神狀態了。

「那個，可以問妳一件事嗎？」

舞對聽子開口說道。

「聽說妳有申請職務調動。」

「沒事啦，我已經放下了。」聽子沒想到舞會問這個，如此回答後站起身。但是，她的表情一轉眼卻變得僵硬起來。

舞什麼話都說不出來。取而代之的是，身後傳來叫住聽子的聲音：「中島小姐。」

是島本股長，從二樓走下來的她一臉僵硬。

「可以請妳到經理辦公室一趟嗎？現在馬上！」

在對方的氣勢凌人下，聽子聳了個肩，開口說道：「真討厭呢。」

「島本股長是去年參加升遷考試的，雖然我不覺得她能勝認這份工作就是了，不曉得人事部在幹麼。」

島本調職過來成為聰子的上司是在三個月前發生的事。那時，聰子內心的齒輪就開始瘋狂轉動了。聰子露出一個虛弱的微笑，與她身為櫃員展現給顧客看的微笑相去甚遠。妳很痛苦吧，舞將這句話吞下肚子。

「辛苦了。」

聰子拍了一下舞的肩膀，在所有人都在準備下班時，快步走上往二樓的樓梯。

彼岸花

1

「不好意思打擾了，部長，有人送這個過來，請問該怎麼處理呢？」

部長祕書青木由繪進來報告的時候，兒玉直樹剛好就在場，所以意外得知了這件事。

由繪面露不知如何是好的表情，原因就出在她抱在胸前的那束花。

彼岸花。

那束花就在董事辦公室的入口旁，僅有一點陰影的地方，綻放著大紅色。

在這種季節，彼岸花嗎？現在明明還是春天。比起「為什麼是彼岸花」，兒玉先想到的卻是季節的問題。不過，靠溫室栽培的話，應該就能養出一年四季的各種花卉，或許彼岸花也沒有那麼稀奇。

在祕書的詢問下，原本正在看文件的真藤毅抬起頭，他盯著自己的祕書和那束花，開口說道：「那是怎樣？」語氣與其說不高興，倒比較像是感到莫名其妙。

「是彼岸花耶。」

平常都會保持沉默的兒玉忍不住開口。

「我當然知道是彼岸花。」

這下真藤的語氣是真的不太高興了。「特地送這種花來是怎樣？這不是供奉在佛前的花嗎？」

為什麼是彼岸花？

兒玉總算注意到了這件事，也在這個時候突然感到有些不舒服。因為他意識了這個與其說是寄送來的，更應該說是『專程送過來的』。

「上面有寄信人的名字嗎？」兒玉向由繪問道。

「川野直秀先生，上面是這樣寫的。」

由繪看了一下上面寫著寄信人的小卡，開口回答。

ㄔㄨㄢ ㄧㄝˇ ㄓˊ ㄒㄧㄡˋ？怎麼覺得好像在哪裡聽過這個名字，但他還來不及思考，真藤就生氣地下令道：

「把那個給我丟掉，什麼彼岸花嘛，真沒禮貌。」

本來還想問他對這個川野某人有什麼頭緒，但看到真藤一臉生氣的樣子，兒玉便把話又吞回肚子裡。總覺得要是問了很有可能會被罵。

「這個數字的來源沒問題吧？」

因為真藤的提問，兒玉再次將大腦轉回開會模式。但彼岸花這件事，卻彷彿擦不掉的汙點那般烙印在他的腦裡。

而且，兒玉的個性就是一旦開始在意，就會無法靜下心來。那個令他介意的問題，只要沒有徹查一番找出答案，他就沒辦法放下。

在勢不可擋的真藤派系中，最受大家矚目的年輕人就是兒玉，而他可不是虛有其表。這跟立場好壞無關，而是眾所公認，兒玉就是有那份實力。擅長人情世故與敏銳的直覺，可以說是兒玉與生俱來的優勢。

那束彼岸花，真藤一句「丟掉」就丟了，但那是那麼簡單就能處理的問題嗎？回到自己的座位後，兒玉小心翼翼地左思右想著。

兒玉怎麼樣都無法忘懷，佇立在那、為陰暗的門邊帶來一束光明的彼岸花。並非只是單純受送花者的姓名影響，他更因為那背後的故事感到不安。

究竟是什麼？

離開董事辦公室時，兒玉又到祕書那裡確認了川野直秀這個名字的寫法。

雖然一開始只覺得耳熟，但果然還是有在哪裡聽過才對。究竟是在哪裡聽到的呢？那束花是送到真藤那裡的，所以與其說跟自己有直接關係，更應該是跟真藤有關的人。聽到那個名字的時候，真藤原本情緒化的一面就出現了，兒玉判斷那就是真藤心裡有底的反應。無論是真藤馬上就把話題轉回到工作上的樣子，還是他在一臉無法接受的兒玉面前也不加以說明的那段經過，都讓兒玉在意得不得了。

「畢竟那可是彼岸花耶。」

兒玉喃喃自語。「稽核，再麻煩。」下屬來通知他開會，兒玉站起身。

2

企劃部長真藤是長年在東京第一銀行企劃部打拚的男人。

在大學畢業後，他首先被分配到的地方是丸之內分行。這也是他從入行起就受到了菁英待遇的證據。當時的新人大概有一百人左右，但可以想像真藤從一開始就特別出眾。雖然人事部對新進行員說會公平對待所有人，但真的會相信這句話的只有那些不知人間險惡的人，實際上人事部早就已經排好順序，讓那些被視為將來董事候補的人處在較高的『發射位置』。不只是他，兒玉在這點上也是相同的。兒玉被分配到的第一個工作地點是八重洲分行，與丸之內分行是一個位於東京車站前方、一個位於後方的關係，唯一不變的是這兩間都是東京第一銀行裡首屈一指的知名分行。

現在，兒玉回想起真藤一路走來的經歷。

身為最年輕的董事，眾人都知曉真藤輝煌的經歷，沒有必要再去跟人事部確認。

他在丸之內分行待了三年左右，之後又在銀行的留學生制度中取勝，前往普林斯頓大學留學。花了兩年拿到ＭＢＡ學位後，又在紐約分行待了三年。之後他回到東京總行，進到國際企劃部。在這裡待了將近十年的期間，他最出色的表現就是買下在美國設置總行的投資銀行。然後，又當上被買下的那間銀行的董事長，再次在紐約住了五年，最後以企劃部次長的身分回到總行。就一般情況下，他應該會在這個位置待上幾年後，再擔任哪間分行的經理，但他卻不是。在金融的情勢逐漸緊繃、銀行面臨處理不良債權與合併等各種問題的時期，精通美日會計制度與經營管理、具有企劃能力的真藤被視為不可或缺的人才。

雖然所處的部門名稱變了，但真藤始終走在企劃部門裡，憑藉著廣大的人脈與銀行內部的政治影響力，一路晉升，成為史上最年輕的執行董事。

像真藤這樣的優秀人才，可以說是東京第一銀行裡的菁英中的菁英。

在大型銀行東京第一銀行中，像這種職業生涯大部分時間都在擔任管理階層核心的銀行員工也是非常少見的。

這也意味著，之前銀行是很少與外部接觸的。

川野直秀不是銀行相關人士吧——兒玉之所以這樣推測，也是基於那種理由。

會議結束的時候已經是下午三點了。從早上與真藤開會就很操了，午餐時間又在跟其他部門的次長和稽核討論預算相關，為了擊破對方想要增加預算的念頭，也是不停在動腦。

奇怪的是，就在兒玉疲憊不堪地將身體往椅子倒下的瞬間，腦中浮現的卻是那束彼岸花。那束富有深意的花的樣貌，彷彿帶著某種魔法，吸引著兒玉的思緒再次回到送花者身上。

「呼。」兒玉嘆了口長長的氣，拿起辦公桌上的電話。

他按下內線，那是剛才一起開會的，人事部稽核尾久牧夫的號碼。

「不好意思，有件事想請教。」

尾久本以為兒玉突然打來是要繼續討論剛才會議的事情，所以在他說出川野這個名字的瞬間，可以聽到尾久似乎有些沮喪地嘆了口氣。

「有什麼調查的理由嗎？」

尾久開口發問，並繼續說道：「就算我是人事部的，也要有原因才能流出行員的個人資訊。」

「彼岸花，送來了。」

「什麼？」

「早上，有人送了彼岸花到我們部長這裡，送花人是一個叫做川野直秀的人。不覺得很奇怪嗎？所以我才在想那個人是不是跟我們銀行有什麼關係。」

「為什麼你會覺得是跟我們銀行有關係的人？」

尾久開口發問，但兒玉也只能回答「直覺」。他沒有什麼可靠的根據，因此不得不這樣承認。

電話另一頭的尾久想了一下，接著嘆了第二次氣。這次感覺是要讓兒玉知道「這事不好辦耶」，順便再帶點賣他人情的感覺。

「我知道了，我就去查一下他是不是相關人士吧。」

說完之後他就掛上電話了。

接下來也只能等待了。

這樣一來自己應該面對的事情就消失了，一想到這裡，原本在意的事情也沒了，就覺得輕鬆了一些。

3

只有兩個車廂的東急世田谷線奔馳在住宅街。在宮之坂車站下車的時候，雨已經開始下了。

那是淡淡融入萬物當中的，春天的雨。

還好包包裡事先放了折疊傘。今早要出門時，妻子將傘遞給他，說了一句：「帶著比較好吧？」那時候還是大太陽，但她說天氣預報說晚上會開始下雨。兒玉抬頭望向晴空萬里的天空，心想怎麼可能，但又覺得一早就要吵這種事很浪費時間，所以還是乖乖把那把傘放進公事包裡出門了。因為妻子的個性是，事情若不按照她想要的發展就會沒完沒了。

他仰望著天空，化作絲絲雨線的雨滴在街燈下散發出銀色的光芒。朝著銀色的天空撐開傘後，兒玉踏出步伐。雖然在銀行印出來的地圖就放在西裝口袋裡，但剛才下車前他都一直在看，所以腦袋裡已經對地理位置有了個大概。

他從車站前的商店街往住宅區走去，在街道兩側的光景改變時，拿出地圖確認目的地和現在位置。便利商店的燈照亮著道路。櫻樹都已經長出葉子了，樹枝延伸到他的頭上。

他從尾久那裡聽到關於川野直秀的事情是在傍晚的時候。

「是已經離職的人。」

聽尾久那樣說的瞬間，兒玉的心情感到很複雜。雖然那瞬間有些驚訝，但總覺得內心某處早就有所預感會聽到這樣的回答。

「什麼時候？」

「兩年前，外派單位的聯服中心留有離職紀錄。」

聯服中心指的就是聯合服務中心，但那是比較舊的說法，三年前在經營合理化改善下，以獨立法人的名義做切割，現在已經是不同的公司了。正式名稱叫做東京第一銀行聯合服務中心，這裡有很多從銀行外派出去的員工。

「經歷呢？」

「塚笹、大森、業務綜合部、企劃部——」

「企劃？」

兒玉忍不住發問：「企劃部有過這個人嗎？」

「畢竟都已經是七年前的事了，你不知道也是很正常的，而且還是會計那邊的人。」

企劃部又分成會計跟企劃兩個組，兒玉是在企劃組，再說員工人數也一直是那樣，於是他也同意難怪他會不知道。尾久繼續說道：

「在那之後去了品川，聯服。」

然後就離職了嗎？

「提前退休嗎？」

提前退休是被導入做為組織重整的一環，利用這個制度離開銀行的行員不少，幾乎都是差點就能當上管理階級的四十歲左右的行員。

「大致上是那樣處理的沒錯。」

感覺他的說法不是很完全，但其餘的尾久也沒再多說了。

「我想向對方道謝他送的禮，方便給我他家住址跟電話嗎？」

不曉得是不是在思考兒玉說的理由，對方沉默了一陣後，才告訴他這個位於世田谷區的住址。

起初兒玉有試著先打電話，但沒人接。答錄機裡傳來的是一段最初就錄製好的自動回覆訊息。

等了一段時間，他又打了第二次，但果然還是沒人接——

「若有急事，請直接留言。」在這句話念完，還沒聽到嗶聲時，兒玉就將話筒放下了。

地址位於世田谷區。從地圖確認就可以知道在世田谷線的沿線上。另一方面，兒玉自己住的地方則是在小田急線的成城學園前。

兒玉是很在意沒錯，但他本身也沒什麼空，本來也想過就這樣放著不管。沒想到後來由繪祕書一臉憂鬱地來找兒玉。

「兒玉先生，我想跟您討論一下早上那束彼岸花。」

「啊、那個啊，怎麼了嗎？」

真藤說要丟掉，但是由繪好像丟不下手。

「總覺得不太敢丟這種花，您應該也覺得整件事很奇怪吧？」

「是啊。」

兒玉承認。

「可以的話不是丟掉，而是把花還給對方比較好吧。」

原來如此，兒玉心道。

陰暗的路燈照亮著前方，覆蓋在狹窄道路兩側的水泥牆上。

不太好走是因為他一手拿著包包，而拿著傘的另一隻手，還要再拿著那束低垂的彼岸花。

「送花人好像是我們銀行的前員工，我回家的時候順便拿去還吧，不過這件事不要告訴真藤部長喔。」

由繪並不曉得川野直秀是前行員，因此露出吃驚的樣子，但同時也看得出來她鬆了一口氣。「麻煩您了。」她低頭致意，接著以接下來要去約會的輕快步伐，從兒玉眼前離去。

雖然不知道怎麼表達這種心情，但兒玉現在覺得有些興奮。因為不只可以有意想不到的原因去探訪送彼岸花來的人，還能親口問他為什麼要送這種東西過來。當然，這個是兒玉本來就打算要問的問題。如果只是要把花送還，他才不會特地接下這個任務。

在被雨淋透的住宅街道正中央停下腳步後，兒玉環視起周遭。

面向道路，有六間相同的住宅建築並排著。都是細長的三層樓建築，玄關側邊建成可停放一臺汽車的車庫。終於走到他要找的那間房子後，兒玉看了一下停在車庫裡的國產休旅車，確認玄關上的門牌。

上面的名字並不是川野。

怎麼有種翻臉不認人的感覺，還在玩味這番情感的時候，「有什麼事嗎？」有人叫住了突然佇立在那的兒玉。

那是一個拿著購物袋的年輕女人，她一臉訝異地盯著兒玉。兒玉注意對方的視線停在彼岸花上並瞇細了雙眼，他開口問道：「我正在找川野先生的家。」

「川野先生……」

女人歪了歪頭，看了一下兒玉遞出去的住址，接著像是想起什麼似地發出一聲小聲的「啊」。

「應該是以前住在這裡的人。我們搬來這裡大概一年。」

「原來是這樣啊。」

打電話來的時候對方剛好不在，所以也不曉得，但自己似乎也打錯人就是了。如果是搬家的話，電話號碼應該也變了。女人對著束手無策的兒玉說：「你問問看隔壁的藤田小姐，也許會得到什麼消息也不一定。」她用提著塑膠袋的手指向右側的房子。房子的外牆是奶油色的，停車位上停的不是汽車，而是三輪腳踏車。

「我記得聽她說過他們的女兒是上同一間學校的喔，對方搬走了，女兒還很寂寞的樣子。」

女人如此說道，語氣聽起來有些帶刺。

「謝謝。」

道謝之後，鑲著金絲的黑門在兒玉面前關上，剛才還黑漆漆的房子現在點亮了燈。

兒玉按了隔壁房子的門鈴，一報上銀行的名稱門就開了。剛才看到電燈亮著，他就知道是有人在家的，看來要取得對方信任，銀行這個稱號還滿有用的。

兒玉遞出東京第一銀行企劃部名片，直截了當地詢問對方知不知道川野搬家後的地址。

「銀行這邊有事要聯絡他，但是我們只有他離職當時的住址，不曉得該怎麼辦。」

這句話半真半假。主婦站在玄關和他說話，背後那扇門突然開啟，從客廳露出一張大約是小學高年級那個年紀的女孩子的臉。她偷偷看了一下兒玉，然後就跑上二樓了。不久鋼琴聲傳來，是聽起來不太順暢的小奏鳴曲，一定是刻意要彈給兒玉聽的。

「真沒想到他會搬家，如果您知道地址的話，方便跟我說嗎？」

既然是那樣的話，他在銀行裡應該也有朋友吧。本來以為對方會這樣說，但已經對兒玉感到信任的主婦說完「我們的女兒互相是朋友，應該有收到賀年卡才對，我去找一下。」就走進客廳，沒過多久兒玉就得到了他在尋找的地址。在町田市內。

「聽說就在她老家附近，川野真的是很辛苦啊。」

「您說很辛苦？」

經兒玉這麼一問，主婦瞪大了雙眼，開口說道：「你不知道嗎？」

「川野小姐的先生，自殺了。」

原來如此。

那個當下，兒玉終於想起在哪裡聽過川野這個名字了。忘記是哪時候又是誰說的，有關那名前行員自殺的事，那個人的名字不就是川野直秀嗎？

4

隔天，兒玉一來上班最先做的事，就是去查川野七年前還在企劃部時的名冊。

七年前，那時兒玉還在大手町分行，負責處理大企業的融資。在那裡打出成績後又調到法人業務部已經是三年後的事了，然後才又來到企劃部。

雖然待在同一間企劃部，但現在幾乎所有行員都替換過了，現在企劃部裡的人，完全沒有和川野一起工作過的人。

「有了，我在比較舊的資料裡面找到了。」

由繪來到還在翻找企劃部資料的兒玉面前，告訴他這件事。他向由繪說明了昨天事情的發生經過。在聽到自殺的時候，由繪的臉色大變，說了這樣的話：「那麼，那束彼岸花就是過世的人送過來的東西囉？」

這種說法簡直就像是真的有死人買了花再送過來，但總覺得笑也不是、不笑也不是，於是兒玉回答：「是的。」

是的，就是死人送過來的東西。

送給真藤部長的。

從另個世界來的。

這之中有些什麼，那束花的背後一定有什麼故事。

川野直秀在當時的企劃部會計團隊裡的頭銜是稽核。當時的企劃部……他看了名冊，最先映入眼簾的是令他感到訝異的名字：佐佐木馨。是現在業務管理部的次長。跟真藤的關係很好，也是行內的知名人士之一。當時佐佐木的頭銜也是稽核，佐佐木的年紀應該跟川野差不多才對。

他不是不知道佐佐木這個人，但跟他的交情也沒有好到可以輕鬆聊起川野的事。兒玉又接著查找還有誰也在，接著他看到了笠井清晴的名字。

「笠井先生竟然也在呀。」

笠井是事務部的稽核，年紀大他四歲，是偶爾會一起喝酒的朋友。如果是七年前的話，他絕對還是企劃部的員工，在做基層工作。兒玉馬上拿起辦公桌上的電話，按下笠井的內線號碼。

「川野先生哦？」

到了事務部之後，請他進到會議室的笠井徐徐地露出不高興的神情。「怎麼又要提起川野的事？」

「真藤部長，昨天收到了彼岸花，以川野直秀的名義送來的。」

笠井發出「嘖」的一聲，說完「真的假的？」之後，表情又變得更憂鬱了。

「真受不了。」他貌似很為難地說道：「有必要做到這種程度嗎？」

兒玉一邊看著笠井的表情，一邊說道：「你知道嗎，川野先生其實已經自殺了。」

笠井盯著兒玉，好一陣子都說不出話來。

「真的嗎？」

「真的。」

「什麼時候？」

「好像是一年前的事了。」

這件事是從川野的鄰居藤田那裡聽來的。

「怎麼自殺的？」

笠井不肯罷休地追問。

「上吊自殺的樣子，詳細情形我也不清楚。」

「是這樣啊。」

笠井沮喪地垂下肩膀，一臉筋疲力盡地將雙肘撐在桌上，蓋住自己的臉。垂下的瀏海遮住了他的手指。他就這樣一動也不動，維持了這個姿勢好一陣子。

「你們發生過什麼事？」

兒玉開口說。「什麼事？」

「什麼都沒有啦。」

笠井模糊的聲音從手掌的另一側傳來。「除了一些沒什麼大不了的事。」

「沒什麼大不了的事？那又是什麼？」

臉頰鼓起的笠井翹起嘴巴，吐出一口氣。

「霸凌啦。」

「霸凌？你是說川野先生被霸凌了嗎？」

「真藤部長——應該說，那時候還是次長，也不能說他們合不來，但他在部門裡就完全是被晾著的。畢竟對方是真藤先生，他從做次長的時候就一直握著企劃部的主導權，被他盯上是很恐怖的。」

天生的直覺開始作用就是在這個時候。

「佐佐木先生也跟你們一起了吧。」

兒玉開口問道。那個問題看起來直搗核心，笠井扭過頭去，一臉不高興，許久都沒有回應。

「聽說佐佐木先生跟真藤部長很合得來。」

「是這樣沒錯。」

「跟川野先生合不來的理由就是那個嗎？」

「也不全然，應該說，提攜佐佐木先生，去掉川野先生，就是真藤先生那時想做的事吧。」

得到真藤的支持後，佐佐木便往升官的路長驅而入，而川野則是被打發到品川分行。

從一名稽核到副理，應該也能算是升遷吧。雖然兒玉是這麼想的——

「那完全就偏離軌道了啊。」

但笠井卻篤定地說道。

「這話是什麼意思？」

「因為川野在品川分行被賦予的只有專門回收債權的特命副理職位啊。」

品川分行當時有個即將破產的承包商顧客，光是這間公司就擁有上百億的債權。川野被下達的特別命令就是只要想辦法回收那些債權就好，副理這個頭銜不過就是個裝飾。

「本來是企劃部的菁英，卻被調到第一線去做幫人家擦屁股的工作，川野先生想必打擊一定很大吧。再說回收這個部分，因為他本來都一直待在總行，對第一線的狀況也沒這麼了解，應該沒辦法做出什麼令人期待的成果。因為那樣，就連品川分行的經理也討厭他。」

「但實際上，他真的有被討厭嗎？」

「不曉得耶，可是都把他調去聯服中心了，也稱不上是喜歡吧。」

「他在聯合服務中心是做什麼職務的？」

笠井歪了歪頭。

「我也不清楚詳細狀況啦，雖然是被從企劃部送去品川分行的，但那之後的事情……就連去聯服中心，我也不過是看到人事調動才知道。」

換句話說，笠井說的內容可以說是某個銀行員的職涯，只是那並不是升官發財的故事，而是墜落的軌跡。

「這就是你說的沒什麼大不了的事嗎？」

聽完笠井說的這些，兒玉語帶點諷刺地說。

「是啊，你就最擅長這種事了不是嗎？」

笠井反問的眼神中也浮現出諷刺。就是因為笠井跟他很熟，所以講話也沒在跟他客氣。兒玉感覺到心臟猛地痛了一下，卻又露出微笑。

「誰知道呢。」

兒玉如此回答，他的內心果然還是很痛。

「所以到底是誰送的？我說那束花。」

笠井開口問道。「送彼岸花，真的不知道該說是大膽還是富有深意，應該是他家人做的吧？」

「不知道，不去查就不會知道。我也想過就放著不管，但不知怎地總覺得不能就這樣把花丟掉。」

兒玉交叉起兩隻手臂，輕輕嘆了口氣，看向天花板。「總覺得也滿想見見他的家人的。」

「真藤先生知道這件事嗎？」

「知道，他聽到送花人是川野先生的當下就叫人拿去丟掉了。至於是誰送的之類的，他什麼都沒說。」

「那我覺得你不要去挖這件事比較好吧。」

笠井帶點責備的語氣說道：「現在才做這些也沒意義了。」

「但人家都送彼岸花來了耶。」

「不是也不知道送花來的到底是不是他的家人嗎？又沒證據。」

「是這樣說沒錯。」

就在那時，兒玉的心中突然浮現出某種想法。

去問一下花店也可以吧，他是這麼想的。

是誰在哪間花店付的錢——這種事只要查一下，應該就可以弄清楚對方是誰了。

向笠井道謝後，回到企劃部的兒玉打了內線給由繪祕書。

「可以幫我看一下那束彼岸花的送貨單嗎？我想知道是哪間花店。」

「我再回電給你。」

昨天沒辦法送還的彼岸花，那天早上又再次被帶回祕書室了。本來想放在自己家裡，但聽了前因後果的妻子覺得不太吉利，所以今天早上他又帶著彼岸花來上班了，還好雨已經停了。在通勤電車上，綻放著大紅的彼岸花吸引了其他乘客的目光。他一邊覺得有些詭異，怎麼好像是自己在送這束花，一邊又感受著，自己似乎受到送花人的意念影響了的那種奇妙的感覺，因為事實上他真的在運送這束花。

很快地，由繪打了電話過來。

「是在町田市內的一間店。」

由繪話一說完，他馬上覺得那果然是川野的家人送來的吧，真是過意不去。

「你要拿去還嗎？那束花。」

兒玉也不知道該怎麼辦。就這樣還回去的話，會變成不顧及對方的心情嗎？但總覺得就這樣丟掉又像在褻瀆死者。

「可以先幫我把花放在部長不會看到的地方嗎？」

拜託完由繪後，他又聯絡了總務部的一個朋友中窪廣太。跟他一起入行的中窪，是位負責處理總務部裡各種醜聞的稽核。據說一旦中窪手上的情報公諸於世，東京第一銀行的股價就會跌到只剩一半。

「遇上什麼麻煩了嗎？」

一聽到兒玉的聲音，中窪便敏銳地問道。

「明明就沒有在辦法事，有人卻送了彼岸花到真藤部長這裡。我在想是不是有什麼怨恨。」

電話的另一頭悄然無聲，像在催促他繼續講下去一樣。中窪是喝了酒就會變得很吵的男人，但在工作上卻是十分謹慎的。兒玉將目前發生的事情詳細交代，想要聽聽中窪的意見。

一陣沉默之後，中窪開口說道：

「所以真藤部長要對他的自殺負責，這就是他的家人想表示的嗎？」

「大概，是這樣吧。」

「原來如此。」

又是一陣沉默。然後他才說：「我知道了，本來也可以放著不理的，不過如果事關真藤部長，那就不能這樣處理了。」

畢竟真藤是將來的董事長候選人，要是在奇怪的地方處理不好，可能會衍伸為關係到銀行信用的問題。

「可以不要跟其他人說我在查這件事嗎？部長本身是沒有要理會的樣子，老實說，是我自己決定要這樣做的，總覺得放不下所以才開始查的。」

「我知道，你給我一點時間，我去查一下。」

「不好意思，在你那麼忙的時候。」

「沒事，這就是工作啊。比起你剛才說的，你才是千萬不要跟其他人提起這件事，包含我要開始處理的部分。」

5

「現在方便說話嗎？」

突然出現在眼前的中窪跟往常一樣，一臉像是掛著能劇面具的表情，站在兒玉的辦公桌前。雖然中窪什麼話都沒說，但一想到是川野的事有了什麼進展，兒玉也慌忙地從座位上起身。在部門裡容易引人側目，要是到時候被人說「他一臉嚴肅地在跟總務部的中窪說話」之後就麻煩了，於是他離開部門，把中窪拉進一間共用的接待室裡。他打電話給中窪是在隔天早上。

「怎麼樣？」

兩人坐上椅子面對面後，兒玉開口問道。

「感覺非常過分啊。」

「你說，過分嗎？」

「我指的是真藤部長的處理方式。」

如他所料，中窪繼續說道。「我偷偷跟當時企劃部會計團隊裡的人打聽了情況，川野先生完全就是他的眼中釘啊。川野跟佐佐木這兩位稽核在晉升次長這塊好像競爭得非常激烈，原本兩人是不分軒輊的，但後來真藤出現，戰況就明顯有落差了。」

真藤很愛護佐佐木，卻很討厭川野。

雖然他一開始就知道這件事了，但中窪卻找到了「說起來為什麼會是這樣的情況呢」這種可以說是問題根本的原因。

「佐佐木先生這個人，就像你也知道的那樣，他走知性路線型的，很擅長權謀術數，是個好壞兼容、度量很大又很會算計的人。相比之下，川野先生這個人似乎是很堅持己見的個性。只要認為是對的，不管對方是誰他都要講到贏。也因為這點，很多人都覺得他不太好相處。」

中窪繼續說：「有一次，在企劃部一個開發會議上，真藤部長——當時的頭銜還是次長——和川野先生好像起了衝突。說起來，衝突的原因只是總行裡要用的電腦應該該買哪家的這種沒什麼大不了的事。一開始這件事是交給川野負責的，他比較了電腦的性能和價格後，寫好計畫書要買東京索尼製的電腦三百臺。但是卻被當時的真藤次長拒絕，命令他要買有在往來的銀行顧客，中央電器產的電腦。他們兩人因為這件事在會議上辯論，後來好像是川野先生講贏真藤部長了。」

兒玉是第一次知道這件事，而在前幾天以前，總行內部使用的電腦的確都是東京索尼的。最近才替換成現在中央電器製的電腦，但老實說，現在的的確沒那麼好用。

「這就是原因嗎？」

「用當時的真藤次長的立場來看，他竟然讓自己在企劃部長面前難堪，打擊應該也不小。畢竟他可是名聲響噹噹的菁英，怎麼輸得起。」

中窪說的這句話並不是在開玩笑，卻也沒有很嚴肅。

「電腦這件事發生在川野先生調到企劃部還不到一個月的時候。畢竟是自己的直屬上司，多少留點面子給真藤次長也好吧。不過，可能也是剛到新部門，所以才想好好表現吧。雖然這樣說不太好，但要是川野先生沒有因為這種無聊的爭論惹怒真藤部長的話，現在早就取代佐佐木先生，在業務管理部那裡名聲大噪了吧。」

據中窪表示，自從那件事發生後，當時的真藤次長有事沒事就會批評川野的做事方法，徹底擊垮了這根新冒的芽。川野被他逼到病了，甚至還要去看心理醫生，但即使如此，真藤還是不放過他。

「你也有去問笠井先生吧？他怎麼說？」

中窪開口問道。

「他說這在銀行不算什麼大不了的事情。」

「那你怎麼想？」

中窪臉上浮現出惡作劇的笑。

「不曉得，就只是覺得很可憐。」

雖然兒玉不帶任何情感地回答，但其實他覺得很膽顫心驚。比起升官和自尊，真藤的執著更強到令人害怕。他以為他早就知道了，卻還是對他的狠心感到毛骨悚然。畢竟那件事的最後是彼岸花都送來了，真藤卻還視而不見，並且馬上命令下屬拿去丟掉。

當伙伴的話，沒有比真藤更可靠的當權者了；但與真藤為敵的話，恐怕也沒有像他這麼冷酷無情的人吧。

中窪又繼續說下去。從他昨天打了那通電話開始，一直到剛才，中窪似乎非常認真地調查了有關川野直秀的點點滴滴。

「在品川分行的川野先生，因為不熟悉的貸款回收業務忙得暈頭轉向。那間的分行經理我想你應該也知道，是中西兼敏先生。」

這個人以嚴厲為名，雖然已經被調走了，但之前還聽說他平常動不動就會把下屬叫過去揍。

「聽說他被那個中西先生欺負得很慘哦，明明是還不習慣的工作，中西先生卻要求他做到平均以上的結果。雖然他的頭銜是副理，但實際卻是跟課長差不多的待遇。這個時候他的精神狀態又更不好了，根據人事部的紀錄，他已經請了好幾次假去看心理醫生了，到了這種程度，就更難回到原本的工作崗位了。」

「所以才調去聯服中心嗎？」

「對，那邊的工作每天只要對著電腦按按鍵盤就好。本來是企劃部的菁英，才幾年就形同廢人。中西先生也很過分沒錯，但話說回來，在他成為貸款回收的特命負責人時，川野先生就等於沒有未來了吧。換句話說，是真藤先生讓他走到這一步的啊。他知道嗎？我是說真藤部長知道川野先生自殺的事嗎？」

中窪開口問道。

「不曉得，應該有聽說吧。」

接著他突然想起一件很現實的問題。

「你覺得這件事會變成問題嗎？」

中窪雙手抱胸，思考後說道：「這要看遺族的態度耶。」光是這麼一句話就花了他不少時間。

「我知道他家人的聯絡方式，你覺得我們應該主動出擊，制定一些對策嗎？」

對於兒玉的問題，中窪則說出令人意外的回答：

「你說的是町田那個住址吧，比起那個，我猜你應該還不曉得，川野先生的太太現在正在本行工作。」

「真的嗎？」

兒玉驚訝地問道，中窪對他點了點頭。

「是啊，她是TSS的派遣員工，現在就在町田分行工作。」

TSS是東京第一人員服務的英文縮寫，是東京第一銀行投資的人力派遣公司。在東京第一銀行工作的派遣員工全部都是從這間公司進來的。

「川野先生過世之後，他們家在經濟上可能有些困難吧。他太太以前好像也是在銀行上班的，就算後來想要工作，也沒辦法去其他地方工作吧。」

以川野太太的角度來看，應該很怨恨這間把先生逼到瘋掉的銀行吧。但就算再怎麼怨恨，也必須面對要生存下去的現實。如果那束彼岸花就是川野太太送來的話，至少是在怨恨與現實交鋒中提出的抗議。

「原來是這樣啊。」

兒玉喃喃自語，中窪對他說道：

「和川野先生的遺族交涉這部分就交給我吧，我會把彼岸花送回去，你應該還沒拿去丟吧？」

「怎麼可能丟？」

兒玉鬆了一口氣。就算花都枯萎了也不能丟——他之前就是那樣想的，而他是對的。

「你要去那裡嗎？我是說町田？」

中窪點了個頭。

「什麼時候？」

「我們的工作就是一旦決定好了什麼，就要盡快去做，這是讓事情圓滿的訣竅。我想說今天下午就過去。」

「我也可以一起去嗎？」

兒玉自己也沒想到會脫口而出這句話。中窪嚇得瞪大了雙眼，開口說道：

「你知道我不是要去謝罪的吧？」

「當然，但就算不是去謝罪，比起你自己一個人去，有企劃部的人陪著，對方也比較能接受吧？」

中窪想了一下，回答：「也好。」

兒玉則在心中嘆了口氣。

我到底在幹麼啊？他心想。總覺得自己都沒辦法理解自己的行為了。但是，不看到對方又覺得放不下心來。所以就順從內心這麼做了，這也是被與這個季節格格不入的彼岸花所影響的吧。

6

根據中窪的情報，川野的太太波惠，每天早上九點到下午五點，都會在町田分行擔任外務人員。一般來打工的主婦都是在早上十點到下午四點這個時段工作，波惠則比他們提前一小時上班、延後一小時下班，幾乎都要跟正職人員一樣了，看來應該是真的很需要錢吧。

中窪的想法是，要是打擾到對方工作就不好了，所以他們挑了下班時間，也就是下午五點去町田分行拜訪。

因此，他們在新宿搭上四點多出發的小田急線急行班次，大概搭四十分鐘就會到站。町田分行就開在車站前，下午五點前到應該是沒問題才對。

中窪只對町田分行的副理說「有事」來找一位打工的女性問話，並沒有告知他詳細情形。因為他擔心要是事情鬧大的話，川野的太太恐怕會很難繼續在這裡工作。萬一事情變成那樣，本來可以解決的事情也會變得難以收拾。這個是中窪的想法。非常合理，兒玉心想。

下午四點五十分，從町田分行後門進入的中窪直接到訪了波惠所屬的營業課。

「不好意思，我們是總務部的，請問派遣員工川野小姐在嗎？」

接待的年輕女子行員看了一下周遭，對當時在附近、看起來像是前輩的行員說道：「請帶他們去接待室。」於是兩人便進到了營業課辦公區的某間接待室。

大概等了五分鐘左右吧。

有人敲了門，剛才那名像是前輩的行員一臉歉意地說道：

「不好意思，川野今天提前一個小時下班了。」

「咦！」

中窪說，帶著一臉這下糟了的表情。「怎麼辦呢？」話說完後，他又想了一下。

「沒辦法，就算之後要再來一次，這次也要先把花送還。」

兒玉開口說道，並將彼岸花放到桌上，對那名女行員說道：「不好意思，可以請妳把這束花交給川野小姐嗎？」

「嗯，真是漂亮的彼岸花耶，直接交給她她就知道了嗎？」

「應該。」

兒玉說道。接著，就在中窪低聲說道：「還是要送去她家呢……」的同時，又聽到對方以若無其事的口吻說道：「這是川野小姐以丈夫名義送給真藤部長的花吧。」兒玉嚇了一跳。而那名女行員則意味深長地看著兒玉與中窪。

「妳、妳知道嗎？有關這束花的事情。」

「是的。」

女行員回答，明明對方沒有示意她什麼，她卻逕自坐到對面的沙發坐下。「在這束花送過去的時候，我就已經聽川野小姐說了。」

中窪被這突如其來的發展嚇得慌張起來。

「妳說妳聽她說了?真的假的啊妳?」

「真的，她說不管怎樣，她都要用這個報仇。」

「她有說是要報什麼仇嗎?」

她對著探出身體的中窪說道:「有的，當然。是還在企劃部時，要一次購買總行用的電腦的事。當時的真藤次長不但不承認自己有錯，還惱羞成怒報復對方。」

兒玉和中窪不禁互看了對方一眼。

「這件事情，川野小姐就這麼大搖大擺地講出來嗎?」

「沒有，是我們一起工作的時候她偷偷跟我說的，所以這件事也要請你們保密。」

他們吐了口氣，安心下來，但那也只是一瞬間而已。「話是這樣說，但大家也會知道的。這種事情不用川野小姐開口，不知不覺就會有謠言傳出來了。」

「喂喂，拜託妳別到處講啊。」

中窪面有難色地強調。

「我才沒有到處講。」

女行員激動地說完之後，又接著說:「只是今天也是，因為總務部的人來了，大家就在猜是怎樣。他們說，因為川野小姐前天送了彼岸花去，你們會不會是因為那件事來說教的。大家都很好奇。是真藤部長指使你們來的嗎?」

「指使是什麼意思啊妳。」

就連中窪也氣得瞪向對方。

「果然，彼岸花很不討喜吧？我們一直在聊這件事，好奇他會有什麼反應。」

「妳、妳既然知道那麼多，為什麼當初不阻止川野小姐送花？」

中窪問完之後，那名女行員突然陷入沉默，接著她目不轉睛地盯著那束彼岸花。她的眼神，就好像那束花裡有什麼她長久一直在找尋的東西。

這女人是怎樣啊——

正當兒玉心中浮現出這種想法的時候，女人露出了非常寂寞的表情。

「我，是這麼對川野小姐說的：還是別做這種事吧。但是她告訴我，不管怎樣，她都想報復真藤部長。既然如此，想做就去做吧。」

她嚴肅的目光突然射向兒玉，目光銳利到令人不禁想挺直背的程度。

「我會那樣想，是因為我希望真藤部長可以因此思考一下，在銀行這個組織裡工作代表著什麼意思。真藤先生不知道是因為自己的名譽、自尊，又或是升官之路而貶低了川野先生。不過是為了一個人的自尊心，就把在同一間銀行工作的，擁有家庭和未來的人給毀了。銀行是從什麼時候開始變成了這種職場的？為了出人頭地而傷害他人也不覺得怎麼樣，這種人所管理的銀行真的能夠幫助社會嗎？我想說的就是這件事。現在有很多人在這間銀行工作，我不希望這裡變成只要碰到升遷或是銀行的利益，就不顧他人、甚至奪走整個家庭的幸福的組織。因為想到這些，我就叫她送送看那束彼岸花。如果真藤先生有因此注意到什麼的話，她就要往前進、不要一直停留在過去了，這是她跟我約好的。」

一直處於震驚的兒玉，驚訝到幾乎連眨眼都忘了，就只是一直聽著對方訴說。中窪也不發一語地凝視著她。

這時，兒玉突然看到她身上的名牌，又更吃驚了。

花咲。

『這個人是——！』

就在那時，有人敲了敲門，營業課長露出臉來。不曉得是不是注意到室內的氣氛有點不太對，他對兒玉及中窪投以奇怪的目光。

「兒玉稽核，真的要把這束彼岸花裝飾在部長辦公室嗎？」

由繪一臉擔心地對兒玉問道。

「嗯，沒事的，就這麼做吧。啊，放在窗邊應該很適合。」

由繪露出了「是嗎」的表情，將話吞了回去，只說了一句：「部長要是生氣的話我可不管喔。」

「到時妳就說是我說覺得至少擺一天比較好。」

「這樣真的沒問題嗎？」

「沒事啦，部長偶爾也需要這種刺激的。」

由繪面露「真搞不懂」的表情，聳了個肩，將插著彼岸花的花瓶擺在窗邊後走出辦公室。

真藤的聲音出現，門隨即被打開。

如他所料，真藤的視線越過兒玉，直接被窗邊的花吸引住。兒玉原本已經準備好接受他的暴怒了，卻沒想到真藤若無其事地站在花前，低聲說道：「發生了不少事呢。」接著又像突然回過神般回頭看向兒玉。「好了，來開會吧。」話說完後，他便脫下外套，掛在椅背上。

彼岸花因他的動作輕輕地搖曳起來，而兒玉心中好似有一種無形的情感在波動著。

醜聞

1

伊丹百貨公司的全體員工，約九千人的薪資轉帳資料遺失了——

這個消息是在五月二十五日過中午後，才傳到舞的耳朵裡。是相馬從私下召開的應對會議回來後，一臉嚴肅地向她小聲說道：「大事不好了。」

這件事無疑可以說是會動搖東京第一銀行信用根基的，前所未有的醜聞。

「我跟妳說明一下事情的經過啊，時間是在早上九點後，有名員工的家人要去領錢，然後就跟他說薪水還沒下來，他才去向公司的會計部詢問的。一開始，他們公司的會計部還以為是他們自己的問題，馬上確認了處理狀況，但卻沒發現哪裡有出錯。而在那段期間，他們又接到幾十件一模一樣的問題，所以就在早上九點二十分，向本行的伊丹百貨公司負責人詢問薪資匯款狀況。負責人向本行的薪資發放負責人確認後，才發現薪資匯款系統並沒有處理到這筆。」

「原因是資料遺失嗎？不是只是漏了處理嗎？」

相馬說是『遺失』，遺失和遺漏處理是完全不同的兩回事。如果是遺失，事情就非同小可了，跟單純出錯的遺漏處理完全不同級別。

「很遺憾，應該是真的遺失了。剛才在會議上確認了事情的來龍去脈。因為伊丹百貨公司確實有將薪轉資料交給我們，也有收款負責人的簽收單，所以這部分不會有錯的。」

「負責人是哪位？」

「是總行營業第二部，坂田稽核負責的。」

像伊丹百貨這種規模的公司，業務會由總行處理，而非分行。相馬繼續說道：

「據坂田稽核的說法，他去該公司拜訪時收下了資料，然後就直接回來了，沒有繞去其他地方。之後他把資料從收款包裡拿出，放在辦公桌上。順便一提，資料應該是MO磁碟，有放在專用的黑盒子裡。」

「到這邊為止都沒有出錯嗎？」

「他本人是這樣說的。之後突然有客人到訪，所以他就離開位置了。等他回來的時候，資料就不見了。」

相馬一臉彷彿從惡夢中驚醒的表情，用指尖抓了抓鼻子。

「那是多久的事了？」

「從現在算起五天前，上禮拜三。」

「為什麼那時候都沒有發現資料弄丟了？」

舞說出心中的疑問。

「他以為底下的人拿去處理了吧。實際上，伊丹百貨公司的薪轉資料都是由坂田稽核負責去拿的沒錯，但把資料拿給匯款負責人處理的卻是經辦人員。這是他們每個月都要處理的事，而且因為有兩個人，所以他們都以為對方已經拿去處理了。」

真是禍不單行，相馬說完後聳了個肩。

「對方有簽收單的意思就是收款冊上也會有資料吧，那份副本呢？」

舞發問。

這是重要的關鍵之處。實際上銀行的收款冊是非常重要的文件，上面會登記一連串的號碼處理。只要是在銀行裡交收的款項，都必須在銀行裡確認受理。所以只要看收款冊，應該就能夠明白在銀行裡有什麼處置了。但是——

「沒辦法確認行內有受理。」

「什麼？為什麼？」

「因為收款冊的傳票不見了。坂田也有注意到這件事，但好像一直忘記要去找。本人的說法是忙到完全疏忽了的樣子。」

「真可憐。」

熟知總行營業部忙碌程度的舞開口說道。但是，銀行的工作可能就是這樣的性質。只要有一個小小的破綻、一個小失誤、一個不小心，都會引起意想不到的結果。這點不只坂田，就連這位相馬，甚至是舞都是一樣的。是人就一定會犯錯或是疏忽，而有時候那些小事就會演變成像這次這種嚴重事件——這也是在銀行這個職場工作的所有人必須面臨的風險。

「雖然覺得很不幸，但碰到這種情況，只能希望坂田有所覺悟了。」

話說完後，相馬進入正題。

「這件醜聞對我們銀行而言，代表兩個非常重大的意思：一是再過不久，這件事就會透過報紙或電視公諸於世，換句話說，本行將面臨信用崩塌。東京第一銀行在向大眾暴露了這項缺失之後，必須背上『作業能力不足』的風評。還不只如此，一旦薪轉資料外流，狀況會更慘不忍睹。本行的副董事長階級的長官，幾乎都要因為這起有史以來最大的醜聞引咎辭職了。」

在銀行界，只要有醜聞發生，幾乎就會有哪個董事出來承擔責任下臺。雖然這是相馬根據那種習俗推測出來的結果，但舞也覺得這種事的確很常發生。

「另外還有一件事，這起事件可能會讓我們銀行失去機會參加伊丹百貨正在籌備的企劃。」

「你說的企劃，是指赤坂那個嗎？」

舞也聽說過這件事情。伊丹百貨公司有個赤坂再開發的巨大企劃，聽說牽扯到數千億資金在其中周轉。

「有關那項企劃的主辦機構，本行和與我們並列主力銀行的白水銀行之間現在正在展開激烈的主導權競爭。只要掌握了這個企劃的財務，收益方面是相當可觀。

反過來說，要是讓其他銀行拿去的話——」

「伊丹百貨公司的兒子也在我們銀行，應該不會把我們排除在外吧？」

相馬搖了搖頭。

「不不不，這才是問題所在呀。伊丹社長好像因為這件事非常生氣，剛才董事長已經立刻衝去向伊丹社長道歉，並直接下令設置調查委員會來查明事情真相了。委員會會長是企劃部長真藤毅，融資部和總務部也會選幾個人，依照各自的立場調查後再向上報告。」

「真是勞師動眾耶。」

舞彷彿事不關己地說完這句話後，相馬對她說：

「真的，然後呢——事務部選了兩個人，一個是我，一個就是妳，狂咲。」

2

坂田很沮喪。

所謂的落魄潦倒就是這個樣子。結束與人事部和總務部面談的坂田稽核一臉失魂落魄，十分憔悴。

隸屬於總行營業第二組的坂田榮介，是才剛滿三十歲的菁英銀行員。

在東京都內的大型銀行累積經驗後，今年三月才剛升遷，就在那時發生了這件事情。

「如果那時候有確認一下收款冊的話，就不會有這些事了。」

話說完後，坂田沮喪地低下頭。舞向他說道：

「可是，資料又不會自己長腳跑去其他地方。」

「是這樣說沒錯，我在想是不是和其他文件混在一起了。」

多虧這句話，現在營業部被多達將近二十名的檢查部人員所占據，簡直就像在挖寶一樣。他們到處翻找文件，辦公桌的抽屜都被拉開，全都被翻遍了。

不只營業部在做資料搜索，本來負責資料傳遞的總行，甚至連事務中心現在都不顧一切地在擴大搜索的規模。然後現階段還是沒有發現目標文件。那份文件宛如煙一般消失了。

「請問你還記得那時候翻了哪些文件嗎？」

「饒了我吧，我已經不知道回答幾次這個問題了，而且在我發現這件事的時候，自己就已經先找過一圈了，可是就是找不到。我抽屜也翻了、櫃子也翻了，就是找不到那份資料。」

聽說因為那份薪轉資料的遺失，剛才東京第一銀行才哭著求伊丹百貨公司再給一次資料。雖然伊丹那邊答應了，但也下了最後通牒，要求銀行給出一個能讓他們接受的說法，否則今後再也不會讓東京第一銀行處理薪資轉帳的業務。

這些事情一件件壓在這位坂田的肩上。

「薪轉資料是一直收在專用袋裡放著的嗎？」

舞開口詢問。她剛才有看過那個袋子，一邊長三十公分，高兩公分的規格，既堅固又帶點重量的容器，裡頭的空間可以放到五片MO磁碟，不是會跟一般文件弄混的東西。

「比起丟失，你覺得有沒有可能是誰拿錯了啊？坂田。」

在旁邊聽他們說話的相馬提出了很合理的問題。這麼一說的確有這個可能性，舞也這麼想著。

「也不是不可能啊，但是那個黑色袋子會跟什麼東西搞混？應該沒有什麼會跟那種硬邦邦的袋子搞混才是。」

他說得也沒錯。

總而言之，完全無法理解，只能這樣說。

「總之就算你們想問我有沒有什麼頭緒，我也真的沒有。我這個人，明明平常就比其他人還要細心在保管收款冊，為什麼就偏偏在那個時候疏忽了？」

坂田非常地懊悔。中邪了——好像只能這樣想耶，舞把這句話吞了回去。現在說什麼都——為時已晚。

結束跟坂田的談話，接下來他們又向他的兩位屬下問話。

龜田純一和井關丈司二人。龜田今年是進銀行第五年，井關第三年，兩人都還很年輕。只在東京都內的分行待過後，就被調到總行營業部的他們，可說是菁英中的儲備幹部。

首先談話的是龜田，這個人可以說是走體育路線的，他健壯的身材跟一頭運動員常剪的那種髮型非常搭。雖然給人感覺很清爽，但不曉得是不是在總行營業部受了磨練的關係，總覺得他時不時就會露出懷疑舞是否在說真話的眼神。個性並沒有想像中單純。

「坂田稽核從伊丹百貨回到自己位置上是在上禮拜三，也就是二十日，約莫過了下午兩點十分的時候。那時你通知稽核有訪客，坂田稽核便將放了薪轉資料的盒子放在辦公桌上，然後就出去接待訪客了。你在那個時候有看到薪轉資料嗎？」

「沒有。」

對於相馬的問題，龜田回答得很簡短。「我不記得了，我的上司不是只有坂田稽核，所以位置也離得很遠。確實我有通知他有訪客，但也只是走近他的位置跟他說一下而已，不記得他桌上有什麼東西。」

「但是那個盒子應該很顯眼才對。」

「也是。」

龜田突然想了一下，又接著說：「可能是在我跟他說完之後，他才把資料拿出來放在桌上的吧。因為如果那裡有資料的話，他應該會順便交給我才對。」

「你跟井關都是兼任負責人，哪間公司的薪轉資料還沒到，你們都沒有特別做管理嗎？」

雖然相馬是以一派輕鬆的口吻說的，但龜田卻因此露出敵意，怒視著他。龜田以龜田那年輕人的方式，賭上自尊與自己的工作接受這次的會談。被問到對自己不利的問題，過於敏感的反應也十分明顯。

「我們的工作就是遵照稽核的指示去作業，領取薪轉資料並不是辦事人員的工作。我個人認為，若是稽核有好好受理，就不會漏掉，更不會遺失資料。」

舞開口問道。

「也有可能是其他辦事人員搞混拿錯了啊。」

「不可能。」

龜田立刻否定。「又不會搞錯辦公桌，也不是每張辦公桌上都有放薪轉資料。就算真的拿錯了，大家的目的地也都是同一個，就是拿給本行的薪資轉帳負責人。除此之外，也沒有其他地方會用到薪轉資料。」

「空盒子會放在哪裡？」

舞詢問後，龜田便站起身，帶領他們到保管盒子的地方，總行內部的某個書庫。但已經有人在那裡了，是檢查部的人。兩位表情嚴肅的稽核人員，正在檢查空盒子。他們兩側有堆積如山的盒子，看來是在找有沒有MO磁碟沒拿出來就直接還回去的盒子。

「想得到的地方幾乎都找過了啊。」

看來情況就如同龜田所說的那樣。

另外一位經辦人員井關感覺比龜田還要緊張許多。這位看起來就是臉色蒼白、只會讀書的類型。真要說起來，跟舞平常見到的銀行員比較接近。但這個人現在額頭突起了青筋，每每相馬問了什麼，他都只會一直點頭，同時目不轉睛地直視著對方。井關的樣子簡直有點病態了。

雖然對他重複問了剛才問過龜田的問題，卻沒有得到能夠稱之為線索的答案。

「這樣就好了，謝謝你的配合。」

聽完相馬這樣說之後，井關浮現出鬆了一口氣的表情。但他也沒有馬上站起，而是留在座位上。

「還有什麼問題嗎？」

聽到相馬的問題後，井關又緊張起來，拚命地眨眼。

「那、那個，我們也會因為這件事受到懲處嗎？」

相馬與舞忍不住對看了一眼。

「懲處是之後的事。」

舞帶著嚴肅的口吻說道。龜田也是，這兩個人的共通點就是非常保護自己。這也讓她很想諷刺地說：你還真具有菁英的特質。

「比起那個，還是先想想客人的部分吧。」

舞繼續說道：「我不曉得是誰把資料弄丟的，但是現在可是有多達九千人因為薪水還沒發下來在發愁呢。不只如此，客人個資這種重要的資料說不定還會流到哪個業者手上，你應該要先擔心這些事吧。」

井關縮了縮脖子。

「如果有想起什麼的話，請馬上跟我們報告。」

井關對他們投以一個像是被舞的怒氣嚇到的眼神，戰戰兢兢地走出房間了。一直到對方的背影消失的那瞬間，舞才憤怒地罵道：

「要說這是銀行的通病也沒有錯，總覺得完全沒有人會在乎客人的死活耶。大家都不是為了客人工作的，而是為了自己的事業而工作的。發生這種事情後，他們的腦袋裡在想些什麼我都非常清楚。」

「妳這不是廢話嗎？」

相馬一臉很懂的樣子說著：「這就是成為菁英人士的必備條件啊，這裡不是那種憑感覺做事的輕鬆職場耶。」

「就是因為是這種職場才不行啊！上層主管都這樣了，下層當然也會那樣啊！」

「剛才才說人家可憐的人是誰啊？」

「所以我才更生氣啊！我徹底明白讓那種人來當負責人，伊丹百貨公司的員工到底有多可憐了。」

舞憤恨不平地說道。

3

「下一個是事務部。」

企劃部的兒玉從剛才開始就一直在意到不行。他坐在會議用的四方桌，而那個人就在他的正對面，旁邊還坐著一個看起來在發呆的稽核。

花咲舞。

前幾天在町田分行完全被擺了一道——話雖如此，也是因為她說的話還算有道理，所以那時他才會接受——但後來他時不時回想起來，都覺得心情不太愉快。更糟糕的是，現在竟然在這種時候一同出席，他在心中恨極了推舉他們來的芝崎次長。

「嗯，接下來我要發表我們調查的部分——」

相馬站起身，簡短地報告一天的調查結果，結論也是不值一提的零進展，於是全員的視線都看向同一個方向，委員會長真藤。真藤現在正凶狠地看著這位相貌不揚的稽核。

委員會成員一共有二十人。剛才人事部、融資部都已經報告了，但也沒有新的資訊。

一定要想辦法拿下伊丹百貨公司的赤坂計畫——不曉得是不是在自我實踐平常

喊出的這句話，他向伊丹保證：「我一定會查出可以讓您滿意的結果。」因為在講那通電話的時候兒玉也在場，所以不會有錯。

而為了調查相關部門，他下令派出精銳的成員，就這樣調查委員會開始動作了，卻只得到這種狼狽的結果。

「不行！」

不出所料，真藤暴怒了。「下午伊丹百貨公司就要再給我們一次薪轉資料了，你們卻什麼都還沒有處理好。部分社員的薪資會到明天才匯入——伊丹社長對此感到非常生氣。不管怎樣，今天或明天都要給我一個有說服力的結果！為什麼會遺失？薪轉資料跑哪去了？為什麼拖這麼久都還沒有找到？全部都要給我找出答案來！」

就在真藤講得口沫橫飛之時，對面舉起了一隻手。嘖——兒玉在內心彈了一下舌頭。因為舉手的人正是花咲。他有不好的預感。只見她身旁的相馬慌張地想制止她，但花咲卻不理會，逕自開口發言。

「您的意思是只要有結果發表就好了，要怎麼調查都可以嗎？這樣的話，我覺得委員會的步調會沒辦法統一就是了。」

「喂！」

不出所料，真藤充滿怒氣的聲音吼向兒玉。兒玉將拳頭放到嘴邊，輕咳了一下，繼續說道。

「這話是什麼意思，可以請妳說得仔細一點嗎？」

「知道這起遺失事件後，我們已經分別對相關人士做過問話。而得到的結果是，簡單說來就是誰都不清楚資料在哪裡。雖然現在銀行內部各處也都在搜查，但還是找不到那張MO磁碟片。明明放在那麼顯眼的盒子裡，這怎麼想都覺得很奇怪。」

「妳到底想說什麼——」

兒玉無法壓抑自己的語氣夾帶著焦躁問道。其中也帶有這種想法：可惡，我之前在町田分行怎麼就著了她的道。真是令人生氣的對手。

「我覺得我們漏了一個觀點。」

桌子對面那雙眼睛直盯著兒玉。那是正直且強烈，宛若鋼筋的視線。

「什麼觀點？」

他故意說得很不耐煩的樣子。言外之意就是，我根本不在乎妳接下來要說什麼——然而，她的下一句話卻讓不期不待的兒玉嚇得張大嘴巴。

「資料並不是遺失，而是被哪個人故意偷走了，這個觀點。」

那瞬間，只見她身旁的相馬舉起兩手摀住自己的臉。會議室裡悄然無聲，看得出來有各種想法互相交錯著。

「妳的意思是，是我們之中的誰把資料拿走的嗎？」

代表營業第二部出席的稽核激烈地辯駁，被當作犯人對待，讓他氣得臉頰漲紅。

「我並沒有那樣說，而是現在沒有任何結果可以證實資料遺失這個假說，所以我才這麼說的。又或是，你有資料並沒有被偷走的根據嗎？」

「妳……」

白痴，兒玉在內心罵道。被這種小女生嗆就只能吞吞吐吐的傢伙！

「既然如此，我認為我們也應該把資料被偷走的這個可能性一起考慮進去。」

在一片尷尬中，兒玉忍不住在心中輕笑了一下。這根本就是在自掘墳墓。

「事務部提出了這樣的意見，還有人有其他看法嗎？沒有的話——」

確認沒有人舉手後，兒玉繼續說道。接下來才是關鍵。「沒有的話，就麻煩事務部來調查資料被盜的可能性，這樣可以吧？畢竟，其他人好像不太習慣懷疑自己的同仁。」

聽完那句話，剛才被逼到窘境的營業第二部的稽核嘴角上揚。

「您覺得怎麼樣，部長？」

他問向身旁的真藤，只聽到對方用鼻子「哼」了一聲，接著才回答：

「說得頭頭是道的，那就讓他們去查吧。」

「是的。」

兒玉說。散會——

4

「喂、喂，狂咲，妳這傢伙又亂講話了啦，這下怎麼辦啦！」

會議一結束，相馬就開始大吼。

「什麼怎麼辦，就只能去查了啊。」

「妳白痴啊，什麼就只能去查了，妳以為是在玩警察抓小偷啊！妳是要我怎麼跟芝崎次長報告啦！」

相馬話說完後，舞對他投以輕蔑的目光。

「這種只顧自己的發言真讓我覺得丟臉。」

「什麼丟臉，還不都是妳害的！」

「總之，我們先回去部門，再把事情的來龍去脈釐清一次吧。」

冷靜地說完這句話後，舞迅速地往事務部走去。

「這次可是連次長都舉雙手投降了，狂咲。」

向上司報告後回來的相馬開口說，而舞卻只當那些話是耳邊風。

相馬對她的反應輕輕地嘆了口氣，往自己的座位上沉沉地坐下。「抱怨也沒用了嗎？然後咧，妳假設的那個被盜說法，有什麼實際的線索嗎？」他開口問。

「首先，來想一下犯案動機吧。」

相馬發出「呿」的一聲，但還是開始思考了。接著他自問般地喃喃自語起來：

「薪轉資料有什麼價值嗎？」

「上面不是只有員工的姓名，還可以知道薪水的金額和有無配偶，應該算是滿有價值的吧。」

「會嗎？」

相馬提出疑問。「如果要讓銀行員犯法的話，除非涉案金額高得離譜，否則根本不值得吧。要是被發現的話，大概就會被懲處免職了。再怎麼說，只要把銀行員這個職業跟地位放在天秤上，根本就不會想去犯偷盜罪。」

相馬的話很有道理。「說不定是有更特別的理由吧。」相馬接著說。

「如果資料真的是被偷走的話，一定有誰必須靠近坂田稽核的位置，但是外人連坂田稽核的座位在哪都不曉得，不可能去偷的。而除去要背負這起事件責任的受害者坂田稽核本人，能夠輕易接近那張辦公桌的就只有同是營業第二部的行員。到這裡就開始有點奇怪了——」

「你是說龜田跟井關這兩個人？」

對。相馬點了個頭。

「如果他們之中的誰是犯人的話，動機會是什麼？」舞說。

「那不是很簡單嗎？」

相馬一臉嚴肅地指出：「一定是很恨坂田啊，我能想到的就只有這個了。」

「坂田這個人，怎麼說，就是個很硬的人。」

原口光夫說。他們會來問坂口的同事，同時也是稽核的原口，是因為他跟相馬認識。當然，現在這些都是不可公開的祕密對話。

「所以他對下屬也滿嚴厲的，要說他是不能開玩笑的個性，不如說他是不容許出錯的個性。屬下犯的錯誤，最後都會變成是上司的。大概是因為這樣，所以可以常常看到他對小事斤斤計較的樣子。不過，這跟那兩個人是不是怪怪的倒是兩碼子事就是了。」

「我只是在找這當中有沒有什麼可能而已。」

原口聽著相馬這樣說，暫時閉口不言。

「唔，有件事倒是可以拿來說啦。」

「你想到什麼了嗎？」

原口面有難色地看向突然插嘴的舞，接著說道：

「就在大概半個月以前，坂田負責的太陽電子發生了一點問題。」

太陽電子是在東京證券交易所市場第一部上市的大企業。

「哪方面的問題？」

「這個就不太方便說了。」

「喂，原口，哪有人話說一半吊人家胃口的啦，是涉及我們銀行的信用問題吧？」

原口沉默不語，鼓起腮幫子。

「其實是有一筆外匯上的調度沒有處理到。」

「你說什麼？這算業務疏失嗎？金額是多少？」

「美金五千萬，本來應該要調度的那天漏掉了，最後不得已，只好用國內授信彌補漏洞。雖然有用緊急會簽去處理，但確實是管理上出了問題。不過，被部長叫去罵的坂田好像把錯都推到了龜田身上。」

「呿，狡猾的傢伙，那事情真相是怎樣？」

「這我就不知道了，可是，龜田是說坂田沒有對他下指示，所以他跟坂田之間的關係就出現裂痕了。」

「誰說的是真的？」

相馬開口問道。

「我怎麼會知道啦！」

雖然原口這麼說了，但相馬卻不顧他的回答，繼續追問：「誰啦？」

「吼，想也知道是龜田吧。坂田就是為了保護自己才把責任都推到下屬龜田身上的，要是我是龜田的話，一定也會很生氣吧。」

「龜田知道嗎？我是指坂田把錯都推到他身上這件事。」

「多少知道吧，因為他被部長叫去罵了。雖然他當場就聲明不是自己的問題了，但部長也拉不下臉的樣子，聽說後來就變成連帶責任了，真是太蠢了。」

相馬回頭看向舞。

「我們去找龜田聊聊吧。」

「怎樣？又有什麼事要問？」

被請來的龜田很明顯地擺出反抗的態度。

「哎呀，你別這麼生氣嘛，我們也不是喜歡才做這些事的啊。話說回來，要是你們有好好管理資料的話，事情也不會演變成這樣。要說工作被打擾而不爽的人應該是我們才對吧。」

「你是要我代表我們部門道歉嗎？」

龜田回嗆。

「喂、小龜啊。」

相馬用他與生俱來的裝熟技能，向坐在桌子對面的龜田說道。他們現在在營業第二部的會議室。時間已經過了傍晚八點，但業務部的人幾乎都還沒有回去。這裡是銀行裡面最忙的部門之一，時不時就會化身為不夜城。

「我這個人不太擅長拐彎抹角，所以就直接問了，請你老實招來好嗎？你從坂田稽核的辦公桌上偷走了那份薪轉資料吧？」

「你們給我放尊重一點！」

龜田氣得漲紅了臉，接著說道：「我怎麼可能會做那種事！還是坂田先生這樣說的？他是想把沒有的事推到我身上，藉此逃過一劫嗎？」

「以前也發生過這樣的事吧。」

相馬說完這句話後，龜田沉默不語。但他並非無話可說，正確地說來，他是被氣到說不出話來。過了一會兒，他才低聲說道：

「所以，你是想說我在報復？」

接收到龜田嘲笑般的視線，相馬沉默以對。

「我沒有這樣說，我只是覺得有這個可能吧。」

「有這個可能？開什麼玩笑，我可受不了被懷疑做這種事啊！還是說，你有證據說我做過這件事？我就直說了，你要這樣說的話就請拿出證據來。」

「我說啊，小龜你啊——」

相馬還想說什麼的時候，卻因為接待室裡的電話響起而被打斷。舞接起電話，是企劃部的兒玉打來的。

舞放下聽筒，回頭看向目不轉睛地盯著自己的龜田。

「龜田先生，請告訴我你下午的行動，你有外出嗎？」

「我哪有閒成那樣啊。」

龜田激動地說：「這種不知道是調查還是會談的東西就占滿我整個下午了，本來還以為終於有空了，結果又換成你們。」

「MO磁碟找到了喔。」

龜田直盯著舞。

「在哪裡找到的？」

「澀谷車站裡頭，不曉得是誰傍晚拿去放在那裡的。」

無法理解。一陣沉默後，相馬開口說：

「好了，你可以離開了，謝謝你的配合。」

龜田一臉不高興，沉默地離開了。

「又回到原點了嗎？」

相馬嘆了口氣，如此說道。

5

聽說被發現的薪轉資料，就跟遺失當時那樣裝在黑盒子裡，被放在澀谷車站裡某個垃圾桶上面。據急忙趕去那裡的坂田說，雖然他也確認過內容了，但因為盒子的鑰匙不見了，所以也無法肯定資料是否有被複製過。

「雖然光是薪轉資料出現就已經很好了，卻沒有解決任何事情。」

舞開口說道，她坐在事務部分行指導組的辦公座位上。放著文件的書架對面，可以看到相馬抬到桌上的鞋子。兩人正在開會討論。

「沒錯，不過，這次狂咲妳的預感倒是很準喔。在大手町遺失的資料竟然會在澀谷車站被發現，這根本莫名其妙，很明顯就是誰刻意拿過去的。」

「問題就出在這裡啊。」

說完這句話後，舞接著說：「現在可以確定的一點是，犯人出入過營業第二部，然後再從坂田稽核的辦公桌上拿走資料。除去營業第二部的行員，能夠到達那裡的外人會是從哪裡進入總行這棟建築的呢？」

「嗯，如果是客人的話，應該是從大門玄關那裡的服務臺吧。只要在那邊登記，換到入館證的卡，之後就能進到館內了。」

「還有其他方式嗎？」

舞開口問道。

「如果是銀行員的話，就是地下室的側門了吧。那邊是行員專用出入口，但除了總行的員工，其他人都得先在服務臺登記。」

「還有其他的嗎？」

「沒有了吧。」相馬回答舞的問題。「拜託這裡是銀行耶，狂咲，哪有那麼容易就可以進來。」

「那我們就來確認一下薪轉資料不見的上禮拜三，有誰進到這棟建築物裡吧。」

「真的假的啦?」

相馬目瞪口呆地說:「進出這棟建築物的人非常多耶,妳該不會打算要一個一個確認吧?」

「正有此意喔。」

舞若無其事地從自己的位置上起身,走出辦公區域,往電梯間走去。

「嗚啊——」

相馬看著申請後拿到的大門入館卡以及側門的入館管理冊,對那些龐大的數量發出哀號聲。

入館卡是給訪客用的,一個人一張。而入館管理冊上的幾乎都是行員和出入業者,上面有格子記錄姓名和拜訪部門。

「總之就只能動手啦。」

舞幹勁滿滿地說。

「是,先挑出有去營業第二部的客人就好了吧?」

相馬一手拿著確認用的紅色原子筆和便條紙,選了入館卡,舞則拿起入館管理冊。

冊上記載的項目共有四個:入館時間、姓名、所屬單位,以及拜訪部門。舞用手指一個一個指著看,忽然間,她的視線停在某個名字上面。

舞的手指停在冊子的正中間，相馬探頭過來，突然大叫了一聲：「嗚啊？」

「怎麼了？」

「這是——」

6

真藤深深地一鞠躬後，將伊丹百貨公司的老闆伊丹清吾請進接待室。在他身後畢恭畢敬的兒玉，沒有錯過伊丹的臉上瞬間浮現出厭惡的表情。

「上次那件事，我們真的非常抱歉。」

伊丹一族是遠從江戶時代就開始經商的名門望族，做為名門望族大家長的尊嚴以及任性，這兩樣在男人身上都具備著。只要讓他喜歡，他就會給你特別好的待遇；但讓他不高興了，他就會徹底討厭你。就是這樣子的人。

「我今天來，是就上次提到的那個計畫，表達一些我的看法。」

看著開門見山、依舊繃著一張嚴肅表情的伊丹，真藤的身子突然僵住。

「關於那部分，我們這裡提出的是以往的做法——」

「那部分先暫緩，我是要說我對你們銀行的管理制度有些疑問，比方說最近這起薪轉資料的事。」

伊丹毫不掩飾他的厭惡，瞪著真藤說道。

「關於那件事，本行已經設立了調查委員會，現在正在調查中。」

「那就繼續調查，但調查到最後也只能確定就是你們自己的管理疏失吧，給我看那種結果就要我接受，實在是——」

「不，就目前調查的結果而言，這跟管理疏失有些出入。」

「哦？」聽到真藤的話，伊丹抬起下巴。

「不是管理疏失？」

「嗯，那個——」

真藤擦了一下額頭上的汗，戰戰兢兢地說道：「這件事稍微有點複雜。」

「有點複雜是怎樣？如果已經弄清楚了就直接說吧。」

「是的，關於這件事，還是讓實際調查的負責人來說明比較好。」

說完後，真藤向兒玉打了個眼色。伊丹是東京第一銀行的貴客，如果身為常務董事的自己惹惱他就糟了，所以不太方便說的話全都推給別人，這樣就能避免專制君王的怒氣直接噴到自己身上——看得出來他有這種意圖。

兒玉呼叫之後，兩名行員馬上就進來了。

「這是負責本次調查的，事務部的相馬稽核和花咲。」

「由這兩個人負責？喂，真藤常務。」

伊丹用不耐煩的語氣叫出真藤的姓氏。「我們公司可是把薪轉資料這件事看得很重，可是你們銀行好像不是這樣想耶。」

「不是不是、不是那樣的，調查委員會不是只有他們兩人，而是從各相關部門集結了優秀的人才。」

「是吼。」

毫不在乎地說完這句話後，伊丹轉過頭去點了一根菸並翹起腳。他用力地吐出一直線的煙後，接著說道：「然後呢？你們是要向我報告那件複雜的事嗎？當然，我希望你們說的內容會是能讓我接受的結論。」

「這、這個就——」

只要對方是分行經理以上的職位，就會變得畏畏縮縮的相馬才剛開口，舞便從旁插嘴說道：「請讓我來報告吧。」

他有種事情似乎會變得更糟的預感。相馬皺起眉頭，而他身後的兒玉也悄悄地咬起唇瓣。這位花咲在昨晚的調查委員會上發表了令人震驚的事情真相。

「關於這件事，我們真的非常抱歉。首先，我要先道歉。我們努力調查後得到的結論是，並不是我們最一開始認定的，貴公司的薪轉資料遺失了，而是經由某種方式被偷走了。」

「妳說被偷走了？」

伊丹的表情更加懷疑，他問舞：「妳這樣說，不就是想要逃避責任嗎？這裡可是銀行耶，銀行有這麼容易就被偷走東西嗎？」

「您說得沒有錯，這裡是銀行，因此只要外人進到館內都會變得很顯眼，更遑論營業第二部平常是不會與客人直接接觸的，一旦進到他們的辦公區域，就算本人不想，也會留下印象。即便身上一樣都穿著西裝，但這就是不同職業的神祕之處，銀行員身上就是會有一股銀行員的氣息。只要有不是銀行員的人進來，大家應該都會注意到才對。然而，卻都沒有看到犯人的目擊者，這是為什麼呢？原因就出在犯人跟我們一樣都是銀行員。」

「什麼嘛，繞了這麼大一圈，結果問題還是出在你們身上不是嗎？」

伊丹從鼻子發出「哼」的一聲。

「然後呢？你們抓到犯人了嗎？」

「不，還沒有。」

「什麼？我跟妳講不下去了，你們辦事辦得這麼隨便，還敢說要跟我報告，是也不把我當一回事吧。明明還不知道犯人是誰，最好是會知道剛才那些。」

「我們已經知道犯人是誰了。」

看著舞冷靜地回話，伊丹抬起下巴，一臉不可置信。

「妳說已經知道是誰了？哈，我知道了，因為犯人是東京第一銀行的行員，所以希望我可以網開一面，不要報警抓那個小偷對吧？你們給我差不多一點！」

盛怒之下的伊丹，把還沒熄掉的菸直接往桌上丟去。兒玉慌張地撿起那根菸，放進菸灰缸裡。

「沒救了、沒救了，銀行總是這樣嘛，臭掉的東西就直接拿蓋子蓋起來，只想掩飾過去，對自己不利的東西就暗中處理掉。這次的事被報紙跟新聞報得這麼凶，你們以為還能再用這種方法解決嗎？神經到底多大條啊？喂、妳！」

「我姓花咲。」

舞回話。對方沒有回答，他轉過身去，重新點燃一根菸。

「犯人知道上禮拜三，也就是犯案當天，貴公司的薪資轉帳資料會從貴公司的會計部帶回我們銀行來。不只如此，他也知道幾點要去拜訪貴公司的會計部負責人，以及拿到資料之後又會怎麼處理的細節。我想，也可以把這個說成是計畫犯罪。」

「計畫犯罪？」

這句話簡直是在伊丹的怒火上澆油。「我越來越不能原諒那傢伙了，到底是跟我們公司有什麼仇？」

「並不是仇。」

「妳說什麼？到底是怎麼回事啊妳？不——我是說花咲小姐，嗎？」

被舞瞪了一眼後，這位專制君主也不禁修正自己的言詞。

「說得更正確一點，跟他有仇的對象並不是貴公司，而是本行。」

舞接著說明：「那名犯人是剛進銀行第三年的年輕人，因為工作態度不好遭到上司斥責，結果反倒記恨起來。然後，他就與營業第二部的朋友勾結——因為這個朋友剛好也因為別的事情記恨負責貴公司的行員坂田——所以才計畫要偷走貴公司的薪轉資料。」

「這都是些什麼東西啊！」

伊丹的怒吼把口水都噴了出來。「我絕對不會原諒他們的，決定了，真藤常務。」

本來坐在扶手椅上隱藏氣息的真藤，因為突然被叫到而跳了起來。

「雖然我會先看你們要怎麼做，但如果你們想就這樣包庇犯人的話，我就會把之前說的赤坂的企劃帶去白水銀行。」

「請等一下，社長。」

真藤狼狽地對舞使了個拜託的眼色：「喂，妳趕快說明清楚啦！」

然後——舞忍不住笑了出來。

「有什麼好笑的？」伊丹氣到臉頰發抖。

「喂！」身旁的相馬用手肘撞了她一下，但這彷彿是暗號一樣，讓舞直接爆笑了出來，就連伊丹也一臉茫然地看著她笑。

笑了一陣子後，舞突然冷靜下來。

「不好意思，因為我覺得這件事實在是太蠢了，不小心就笑出來了。雖說社會上有些人經常注意他人的缺點，但就是這種人都不會檢討自己的，簡直就像是國王的新衣呢。我們其實也很想把這名犯人交給警察啊，如果可以做到的話，就不用這麼辛苦了。」

「妳在說什麼，要交就快點交不就好了？」

就在那時，房門聲響起，祕書青木由繪露出臉來：「兒玉稽核，我把他帶來了。」

「讓他進來。」兒玉說這句話的同時，一名男人走了進來。

男人感受到現場的緊張氣氛和所有人的目光，擺出一副挑釁的表情。

「歡迎。」

舞對那個男人說——新宿分行的伊丹清一郎。他是伊丹清吾的長男，伊丹百貨公司的富二代。因為分行指導的關係他也見過舞，一看到舞的瞬間，清一郎的眼裡就充滿了憎恨。舞毫不在乎他的目光，她回頭去看伊丹社長。

「請，我們把犯人帶來了，請您把他交給警察吧。」

7

昨天——

舞從入館管理冊上發現的是伊丹清一郎這個名字。

「這是偶然嗎？」

心生懷疑的相馬在說這句話的同時，也拿起手邊的電話打了內線。他打電話的對象是伊丹在拜訪部門欄位上填寫的融資部。

「說他真的有去過融資部，好像是來送報告書的。」

「報告書？」

「對方也覺得奇怪，又還沒到融資部提出要求報告書的日期，怎麼還特地送過來，問了他之後，他是說還有其他事情，所以就順便拿來了。」

接著相馬又像是想起什麼似地輕輕抬起頭：「我記得，今年是伊丹進銀行第三年吧。」

他把行員名冊拿來打開，接著又發現另外一個偶然。

「喂，伊丹跟營業二部的井關是同一期進來的，他們兩個不會認識吧？」

然後是現在——

舞對啞口無言的伊丹社長說明了伊丹清一郎這個名字會出現的來龍去脈。

「她說的是真的嗎？清一郎。」

沒有回答，取而代之的是舞繼續說道：

「您應該聽您兒子說過他想從銀行辭職吧，社長。」

伊丹看著舞，不曉得她是什麼意思。「有吧？但是，您卻不准他辭職。因為您想將赤坂企劃案委託給本行，如果您的兒子在這個時候因為對銀行不滿而辭職就不好了。所以您的兒子就想，只要東京第一銀行和伊丹百貨之間產生糾紛就可以了，這樣您就會同意他從銀行離職了，這是他想到的最簡單的辦法。而這就是這起事件的真相。」

「妳說什麼……」

伊丹社長的臉漲紅起來，因為盛怒而冒出了青筋。就在那時——

「誰叫這間銀行亂七八糟的啊，爸爸。」

一直沉默不語的伊丹清一郎提出控訴。「不是對別人的工作方式雞蛋裡挑骨頭，再不然就是不高興就打人，你也知道我有次回家的時候有被打啊，真的很惡劣耶。再說，像薪轉資料這麼重要的東西竟然那麼簡單就被偷了，可見在業務管理上一點都不嚴謹啊。」

啪的清脆一聲響起，清一郎捂住臉頰。

「混蛋，妳——」

相馬想要阻止的時候已經來不及了。

「一個連自己被交代的工作都做不好的半吊子在那邊講什麼大話！」

罵完之後，舞又接著說：「今年是你進銀行工作第三年吧，像你這種人是懂銀行的什麼啊？或許你可能非常討厭這個工作，但在這裡工作的每個銀行員，每天都是咬緊牙關在努力著的。你所做的事情根本就是在看不起那些兢兢業業工作的銀行員，不、是看不起社會上所有上班族的最差勁的行為！」

「吵死了！」

高個子的清一郎激動地反駁：「這麼討厭的話不要工作不就好了，啊窮人就只能工作啊，有什麼辦法。每個人都有與生俱來的本性，我也有我辛苦的地方好不好。」

「少在那邊裝可憐了！」

「花咲。」舞的話才剛說完，兒玉便立刻阻止她再繼續。和清一郎互瞪著的舞的身後，已經可以聽到真藤非常慌張地道歉。

「我為我們員工的無禮真心向您道歉，我一定會好好教訓他們的，社長，還請您——」

然而，伊丹社長卻不理會他的制止，憤然離座，往前衝去。

「這個大笨蛋！」

「社長！」真藤還來不及阻止，伊丹社長的拳頭已經揮在清一郎的臉上了。清一郎的身體飛了出去，整個背都撞上牆。

「爸爸——」

「現在給我從這裡滾出去！滾！」

話一說完，伊丹社長立刻跪在接待室的地板上磕頭賠罪。

「我那不成材的兒子給各位帶來很大的困擾，真的非常抱歉。」

所有人都說不出話來。伊丹社長的額頭就那樣壓在地毯上。

「而我竟然還這麼失禮地向你們說那些話，真藤常務、花咲小姐——真的非常抱歉，請你們原諒我。害貴銀行在社會上失去信用，我真的不知道要怎麼道歉才能彌補。」

「請您站起來。」

真藤在伊丹身旁單膝跪著。

「您能明白事情真相就夠了，我們的立場也不打算將這件事公諸於世，請您和我們一起討論接下來的處理方式。」

兒玉使了一個眼色後，舞輕輕點了個頭，正準備和相馬一起離開現場。

「花咲小姐——」

伊丹叫住舞，說道：「請讓我向妳道謝，真的很謝謝妳。」

舞回以一個微笑。直到她的身影消失在門的另外一側後，不曉得是不是錯覺，接待室裡的怒氣也突然都消失了。

關上門的兒玉一直孤零零地站在門內，突然有種想法——花咲舞，真是個很有魅力的女人啊。

解說——讓世界變得更好

文藝評論家　村上貴史

■第十一作

帶著勇氣和夢想努力吧——在讀過池井戸潤於二〇一一年得到直木賞的《下町火箭》後，應該有不少人有著這樣的想法吧。我在寫這篇文章的時候，熱銷三十二萬冊的《下町火箭》收到的好評中也有類似的評語。而二〇〇四年以單行本出版的《醜聞》中，也確實存在著與《下町火箭》相同的基礎。

象徵那個基礎的話語就出現在女主角，銀行員花咲舞在第一話〈激戰區〉中所說的話。

「再這樣下去，不管過多久銀行都不會變好的！」

沒錯，真心希望銀行可以變好、大家可以幸福的舞做出了行動。她不會語帶諷刺地說無所謂，覺得奇怪的地方就直接說奇怪，然後繼續行動。就像是《下町火箭》中，佃製作所的每個人在面對大企業的邏輯與蠻橫時，又或是幾乎要輸給貧窮與疲累時，仍舊拚命保持積極的行動，堅守正義的論點。

由這樣的花咲舞擔任主角的《醜聞》，真的是讓人讀起來非常痛快的一本書。

■共八話

在第一話的開頭，女主角花咲舞離開了東京第一銀行代代木分行，調到了事務部的事務管理組。作為總行稽核相馬健的下屬，與相馬兩人一同到有業務處理問題的分行進行個別指導，協助分行解決問題，這就是他們的工作。對花咲舞而言，相馬並非完全是陌生人，因為自代代木分行時期她就是已經是他的下屬了。

即便是這樣的關係（也或許就是因為這份關係），以總行稽核這個身分迎接舞的相馬脫口而出的卻是：「ㄎ、狂咲！怎麼會是妳——！」總是隨便開口，不把上司當成上司看待的舞被相馬叫作狂咲，他從之前就覺得她是個麻煩人物了。

行動相當犀利的女主角舞，以及覺得她不好對付、曾經是很厲害的融資人員，現在卻遊手好閒的相馬，這對搭檔的活躍表現就收錄在本書的八篇故事中。讀者可以好好享受這八篇分別獨立的短篇故事，當然也可以將他們看作是一篇長篇故事來閱讀。

在第一話〈激戰區〉中，故事以自由之丘這塊，其他銀行也在此競爭激烈的土地為舞臺，描述了東京第一銀行自由之丘分行發生的連續出錯問題。在這些問題中，又以三千萬的錯誤匯款最為嚴重。明明是聚集了優秀人才的激戰區分行，究竟發生了什麼事？相馬與舞到了自由之丘分行進行指導……

在第一話中，池井戶潤首先讓相馬與舞查出自由之丘分行內部扭曲的人際關係，當然也包括了為什麼會造成這種扭曲的原因，並巧妙地連接那份扭曲與連續出錯的關係，清楚地描述出分行第一線的苦惱。接著再讓讀者意識到這件事背後的人物——謠傳是未來董事長候選人的執行董事兼企劃部長真藤——的存在，來為這個最大的謎題，錯誤匯款的問題打上休止符。苦澀的休止符。作為開頭故事而言，不只非常起作用，更是一篇美麗的推理故事。

第二篇〈三號窗口〉中，在一億日圓規模的詐欺計畫進行的同時，真藤派系與相馬／花咲這對搭檔的戰爭也爆發了。相馬與舞來到半年內就發生兩起重大失誤的神戶分行，而真藤派系的陷阱也正在這裡等著他們。究竟相馬與舞會如何對抗這個陷阱呢？另外，詐欺計畫又會成功實行嗎？作者安排了一位個性堅強的新人在分店櫃檯，彷彿是要與這種黑暗形成鮮明對比，這個策略也是相當巧妙的。

第三話〈真金不怕火煉〉中，故事一面描述真藤為了吃下老字號百貨公司的負責人，伊丹清吾社長的案子，一面描述相馬與舞到訪的新宿分行裡發生的融資問題。交易往來有段時間，並且年度結算是有盈餘的企業提出了貸款申請，卻被職位最低的融資負責人給拒絕了。

這個舉動導致那間企業即將面臨破產，那位融資負責人在銀行裡依舊旁若無人，也不遵守規定，但新宿分行裡卻沒有人敢對他怎樣。那也是理所當然的，因為那位融資負責人正是伊丹清吾的兒子……

看花咲舞直接從正面擊毀那位不知人間疾苦的富二代，真是令人大叫痛快的一篇故事。在舞的一擊下為故事畫上句號，這部分更是大快人心。這幾個部分反映出了銀行核心價值是什麼，幾乎可以說是非常完美，令人滿意。

以對銀行而言最膽顫心驚的項目，即金融廳的檢查為題材的故事就在第四化的〈主任檢查官〉。

平常應該不會被看上的小規模分行，武藏小杉分行竟被金融廳挑中要去抽檢。似乎是因為該分行發生內部告發有隱藏文件。相馬與舞因此被送進武藏小杉分行去尋找內部告發人士。「應該先修正必須要隱瞞融資文件的這種做事方法吧！」舞氣憤地說。一面安撫她，一面進到該分行的相馬，到了那裡才知道來抽檢的是一名惡名昭彰的公務員。那是一位以非正規方式進入公務員體系，在金融廳待了一段時日後，內心也跟著扭曲了的男人……

這位與正規當上公務員的人有著明顯區別的男人，池井戶潤將他膨脹成扭曲的自尊展示給讀者，同時也用了相同的方式，描寫了銀行員爭奪升官的醜態。之後，再以一種非常令人痛快的方式，解決了這場醜陋的劇情。他並不是從正面解決組織內部已有心病的問題，儘管如此，或許也讓這點成為了改善的契機——我希望是這樣。

第五話〈荒磯之子〉是最讓推理迷有所共鳴的一篇。

相馬與舞被送去『支援』以繁忙業務出名的蒲田分行，但這其實是真藤派系打的壞主意。他們想要逼出分行指導組的缺點，烙上指導不合格的印記。在繁忙的業務中，舞發現了『荒磯之子』這個育兒機構的戶頭有些不對勁……

從各種角度驗證了金錢的流向，讓真相水落石出。這種書寫方式首先就能抓到推理迷的心吧。而那個結果導致了這篇故事有個大膽的結局。雖說犯人很大膽，但作者本身更大膽。不僅有令人意想不到的效果，那份大膽更讓讀者印象深刻。

第六話〈超付〉中，深入挖掘了銀行員的內心。

相馬與舞正在進行指導中的原宿分行內發生了一起超付事件。臨櫃人員中島聰子似乎不小心多將一百萬現金交給了客人，然而客人卻說他沒有拿。攝影機錄到的畫面看起來是有拿的，但客人還是堅持沒有拿……

究竟那一百萬到底有沒有交給客人呢？池井戶潤將重點放在這個問題上，並藉由描述各個相關人士刻畫出銀行的組織、制度，以及被其左右的內心。在這次的故事中，舞並沒有華麗地大鬧一場，只是淡淡地追查出一個一個事實，拼湊出事情的真相。那樣的發展，其實與最後呈現出來的哀傷和諧一致。

下一篇〈彼岸花〉也是顆變化球。

有人送了彼岸花到真藤那裡，這是很不吉利的。真藤的得意助手，企劃部稽核兒玉想要將花送還回去，卻發現了奇怪的事情……

第七話這篇是以彼岸花為契機，引領兒玉探究真藤過去的一篇故事。換句話說，飾演偵探的角色並非相馬或舞，而是兒玉去挖掘真藤本身。兒玉的視角並非充滿敵意，而是以自己人的冷靜目光去追尋真藤的過往，然後再查出彼岸花被送來的理由，還有在銀行這樣的組織中，以驚人速度升遷的那名菁英的過往。雖然自己也懷抱著野心，但在得知那些過往後，兒玉最後的行動為故事帶來了絕妙的平衡。簡直就是本篇的重頭戲，讓故事在別無他選的地方畫下句點。

像這樣挖掘了真藤的真正姿態之後，最後再展現給讀者的便是最終話〈醜聞〉。

存有大約九千人份的薪資資料的磁碟消失了，而且還是發生在總行營業第二部，而且還是伊丹百貨公司的薪資資料。除了資料遺失這起事件本身是前所未有的，再加上伊丹百貨公司這個顧客是極為重要的顧客這點，更加深了這個問題的嚴重性。東京第一銀行內部動員了總務部、事務部等全力尋找資料，並針對這個問題進行調查。調查委員會的會長是企劃部長真藤，而事務部派出來參加調查委員會的當然是相馬與舞兩人……

要處理消失事件的推理故事首先就很有趣。分析現狀、細細考量所有的可能、一個又一個的提問，接著再使用邏輯推敲出真相。這段過程簡直就是王道推理。而且在這種簡短的長度中，情況還可以不斷出現轉折，這點也讓人看了很開心。再者，作者更是準備了與最後一話十分相稱的，讓相馬、舞、真藤等人『全員』到期的最高潮，實在是相當精采的安排。

■這一冊

而花咲舞也真是一個有著鮮明色彩的角色。對於那些心術不正的傢伙，她毫不推辭地賞他們巴掌，就算對方是有權有勢的人，她也堅守正確的觀點。更別說她還是一名非常優秀的櫃員。

以小說而言，這種角色設定或許脫離了常軌也不一定，但正是如此優秀的她自始至終都能堅持強烈的正義感，才更能清楚刻畫出被扭曲價值觀支配的銀行員們的醜陋。透過為了讓社會變得更好而活用自身優點的舞，只把自己的優點活用在升官發財的菁英們的醜陋，在對比之下也顯得更加鮮明。而且主要並非是以舞的視角，而是從相馬的視角來描寫的，所以池井戶潤委託在舞身上的訊息其實也很明瞭地傳達給讀者了。正因如此，我想積極肯定這種脫離常軌的作法。

再者，從〈醜聞〉這部小說的整體來看，花咲舞以外的角色，比方說第三話中登場的伊丹的兒子，就像是一個富家子弟形象被濃縮並化成戲劇的角色。就整體而言，我感覺十分真實。

銀行內部的描寫，光是身為前銀行員的關係寫起來就很真實，但我特別想強調的是故事整體的發展方向。相馬、花咲這對搭檔與真藤派系之間的對決故事，貫穿了本書大部分的劇情走向，但實際上卻以非常平靜的結局畫下休止符，也可以說是知曉現實的，大人的結局。最能印證這點的，或許是舞所傳達的訊息本質始終保持著正確的論點之外，第七話中也深入挖掘真藤派系的內心，這使得整個故事更加有效地運作。雖說往往只會注意到舞令人叫好的狂暴舉動（這部分確實是令人愉悅的閱讀方式。）但希望大家再次閱讀的時候，也能注意到「這是一個大人的故事」的這一面。

雖說這本書是像這樣緊密設定出來的八篇連續作品，但實際上卻並不是按照順序從第一篇開始寫的。首先第六話〈超付〉是發表於二〇〇三年四月號的《J-novel》，之後其他作品再發表於同月刊〇四年的一月至七月號進而完成的。不管怎樣，〈超付〉被安排在第六話非常適合這整個故事，我想指出的是，從這點可以感受到作家的巧妙之處。

那麼，在寫〈超付〉約一年前，池井戶潤也正在寫《BT'63》的下半部（第七章之前都是在《小說TRIPPER》上連載。）。在《BT'63》中，池井戶潤創造了能與花咲舞匹敵的重要角色，貓寅。

在川崎鬧區一隅的店家用酒杯品嘗著清酒的貓寅。

隨著手風琴調查而現身的穿著白色禮服的巨漢，貓寅。

一隻腳為義肢，用那隻義肢用力踢過去的貓寅。

用義肢熟練地騎著白色機車，以驚人速度橫行飆車的貓寅。

輕輕搬起屍體行走的奇怪和尚，貓寅。

雖然只是個配角，存在感卻是壓倒性地強。雖然他不是個會一直登場的角色，但總之就是會一直存留在讀者的記憶中。喜歡花咲舞的人，希望你們一定要去讀讀看《BT'63》，體驗一下與她是兩個極端的貓寅這個角色。

關於花咲舞這個角色，還有一個人也應該受到注目，那就是在前年（二〇〇一年）十一月開始連載的《銀行總務特命》中的主角，唐木怜。雖然她比舞冷漠多了，但偶爾也是會大膽採取行動，必要時還會狠狠給男人一記飛踢。收錄在《銀行總務特命》中的八篇短篇的其中一篇，結局就出現了這個飛踢，老實說看了真的很爽。總覺得池井戶潤就是在寫這些情節的時候發現很有趣，才會創造花咲舞這個角色的。請大家一定要去讀讀看。

■二〇〇四年

那本《銀行總務特命》對池井戶潤而言是第二部短篇集。

第一部短篇集《銀行狐》收錄了他在一九九八年以《無底深淵》獲得第四十四屆江戶川亂步獎後，花費三年寫出的五篇短篇的作品集，每個短篇都有各自濃厚的推理色彩。

之後的第二部短篇集《銀行總務特命》中的所有文章都有在週刊誌上刊載，主角也幾乎都是同一個，而且在作為一本書時，整個故事（雖然這並非是作品的直接主題）也很完整。到了第三部短篇集《仇敵》和第四部短篇集《金融偵探》時，續集的色彩就變得非常鮮明。前者是被大型銀行逼到辭職的男人向強大的敵人復仇的故事，後者是被銀行解僱的男人成了私家偵探獨當一面的故事。這些作品無論是當成獨立的短篇，抑或是完整的一本書都極具魅力。第五部《醜聞》也可以說是在這個流程之下完成的作品。

《醜聞》刊載於二〇〇四年，那年池井戶潤其實寫了多達五本新作品。以從銀行內部抗爭開始展開尋寶冒險的《最終逆行》為首，關係著超市炸彈事件與銀行內部的抗爭，甚至加上逃跑劇的《股價暴跌》、上述的《金融偵探》、本書，以及以銀行員視角描寫的銀行劇《半澤直樹系列1：我們是泡沫入行組》這五本。雖然不知為何這五本都與銀行有關，但還是各有各的特色與趣味。這之中有四本都是其他作品的續集，只有一本是新的故事，但二〇〇四年池井戶潤手上還握有《銀行制裁者》及《夏洛克的孩子們》的連載，可以說這是他創作出許多作品，並維持一定水準的一年。

這樣的一年對池井戶潤在回顧作家生活上是相當重要的一年。據說在寫《夏洛克的孩子們》的時候，角色的描寫方面也因此有了變化。用筆者的方式來總結這些變化的話，正是因為劇中人物是栩栩如生的，才讓他發現寫生動故事的有趣之處，而非根據作品需要的角色來創作登場人物。在這個變化發生之後發表的作品有《飛上天空的輪胎》（直木獎候選作品、吉川英治文學新人獎候選作品）、《半澤直樹系列2：我們是花樣泡沫組》（山本周五郎獎候選作品）、《鐵之骨》（吉川英治文學新人獎得獎、直木獎候選作品）、《下町火箭》（直木獎候選作品）。可以看出這點對作家池井戶潤而言是有起加分作用的。

然而，就如同我在開頭說的那樣，《醜聞》裡的花咲舞也和《下町火箭》裡佃製作所的各位來自相同的基礎。

關於這一點，池井戶潤並沒有多作改變。

正因如此，現在也還是會想讀讀花咲舞的活躍表現。

想讀讀看用《夏洛克的孩子們》之後的創作方式創造出來的人物中，不斷揮出巴掌的舞的模樣——我是這麼想的。

國家圖書館出版品預行編目資料

醜聞 / 池井戶潤作；藍云辰譯. -- 1版. -- 臺北市：城邦文化事業股份有限公司尖端出版：英屬蓋曼群島商家庭傳媒股份有限公司城邦分公司尖端出版發行, 2024.07
面；　公分
譯自：**不祥事**
ISBN 978-626-377-945-7（平裝）

861.57　　113006996

逆思流
醜聞（原名：不祥事）

著　者／池井戶潤
執行長／陳君平
榮譽發行人／黃鎮隆
協　理／洪琇菁
執行編輯／陳宣彤
譯　者／藍云辰
美術總監／沙雲佩
美術編輯／李政儀
國際版權／高子甯、賴瑜妗
文字校對／施亞蒨
內文排版／謝青秀

出　版／城邦文化事業股份有限公司　尖端出版
臺北市南港區昆陽街十六號八樓
電話：（〇二）二五〇〇—七六〇〇
傳真：（〇二）二五〇〇—二六八三
E-mail：7novels@mail2.spp.com.tw
發　行／英屬蓋曼群島商家庭傳媒股份有限公司城邦分公司　尖端出版
臺北市南港區昆陽街十六號八樓
電話：（〇二）二五〇〇—七六〇〇（代表號）
傳真：（〇二）二五〇〇—一九七九
中彰投以北經銷／楨彥有限公司（含宜花東）
電話：（〇二）八九一九—三三六九
傳真：（〇二）八九一四—五五二四
雲嘉以南／智豐圖書有限公司
（嘉義公司）電話：（〇五）二三三—三八五二
傳真：（〇五）二三三—三八六三
（高雄公司）電話：（〇七）三七三—〇〇七九
傳真：（〇七）三七三—〇〇八七
香港經銷／城邦（香港）出版集團有限公司
香港灣仔駱克道一九三號東超商業中心一樓
電話：（八五二）二五〇八—六二三一
傳真：（八五二）二五七八—九三三七
E-mail：hkcite@biznetvigator.com
新馬經銷／城邦（馬新）出版集團 Cite（M）Sdn. Bhd.
E-mail：cite@cite.com.my
法律顧問／王子文律師　元禾法律事務所
台北市羅斯福路三段三十七號十五樓
二〇二四年七月一版一刷

郵購注意事項：
1.填妥劃撥單資料：帳號：50003021戶名：英屬蓋曼群島商家庭傳媒(股)公司城邦分公司。2.通信欄內註明訂購書名與冊數。3.劃撥金額低於500元，請加附掛號郵資50元。如劃撥日起 10～14日，仍未收到書時，請洽劃撥組。劃撥專線TEL：(03)312-4212 ・ FAX：(03)322-4621。E-mail：marketing@spp.com.tw